斷掌少女

人物介紹

小馨　十四歲

國二女生，成績中等，個性天真善良、大而化之，有過目不忘的本事，因為「斷掌」手相被家人拋棄，成為莊家養女。她的夢想是保護家人，報答他們的養育之恩。

阿椿　十四歲

小馨的青梅竹馬兼同班同學，廟公的兒子，個性認真負責，熱愛動漫，不

相信「剋星」之說，與小馨默契極佳。

姿儀　十五歲

小馨的義姐，十項全能的資優生，個性好強，心思縝密，因為小她一歲的義妹是「剋星」而討厭她。

莊爸　四十歲

小馨的養父，個性溫和的老好人，木工廠廠長，很疼愛兩個女兒。

莊媽　三十六歲

小馨的表阿姨兼養母，勤儉持家的能幹女性，與莊爸爸一同經營工廠。

椿爸　四十歲

阿椿的爸爸，廟公兼命理專家，定期開班授課，教導符合現代觀念的命理知識。

神祕男子　外表四十歲

民俗技藝團隊的工作人員，在廟會時突然接近小馨，向她預言家中會有不幸發生。

目次

01
被討厭的妹妹

「我出門了！」小馨慌慌張張的抓著便當和書包，連鞋帶都沒繫好就急忙衝出家門。大她一歲的姊姊姿儀早在二十分鐘前，就從容的出發到校，而她卻總是在忘東忘西、丟三落四，還經常被同班好友拋棄的情況下，全速奔跑衝進校門。

好不容易趕在早自習前來到教室外，小馨喘了口氣，正想和在走廊上掃地的姿儀打招呼時，「姐……哇啊！」小馨清脆的慘叫聲卻響徹走廊，伴隨著笨重的撞擊聲，她像煎蔥油餅似的完美貼上了地球表面。

通常在遇難者的四周，瞬間就會擠滿了圍觀的同學。

「哇！那一定很痛……」

旁觀的學生們紛紛暫停手邊的掃除工作，露出同情的表情，一動也不動的盯著趴在地板上的國二學妹。

「……」小馨看著近在眼前的磨石子地板，只覺得膝蓋疼得不得了，不用看也知道，肯定烏青了。

「小馨！」

一個溫柔悅耳的女聲從小馨耳朵正上方傳來：「要我跟妳說多少次，不要在走廊上奔跑。」

「我才沒有奔跑呢！」小馨無奈的在心中反駁。她抬頭看著那完美的資優生姐姐，姐姐身上穿著潔白的襯衫和合身的百褶裙，好像隨時都散發著衣物柔軟精的淡淡清香。哪像自己，因為一路跑到學校，連早自習還沒結束，就已經渾身汗臭了。

「我知道了……」

面對完美姊姊，小馨還是乖順的點頭說：「我下次會注意……」

「那就好，希望妳隨時保持冷靜，不要老是慌慌張張的，很難看。」姿儀無奈的看著自己名義上的妹妹，優雅的轉身離開。

小馨將衣服上的灰塵拍掉，認命的從地上爬起來，看著姿儀逐漸走遠的身影，她嘆了口氣，垂頭喪氣的走向教室。

小馨是姿儀的父母從小領養的孩子，這在學校是公開的事。這對個性大相逕庭的姐妹在學校很是出名，一個是因為學年成績名列前茅，一個則雖然沒啥優點，卻因大而化之的個性交遊廣闊。因為性格差異太大，所以也沒有人訝異她們倆並不親密。

這個外表邋遢、交遊廣闊的妹妹，在走到教室的路上，光是打招呼所花的時間，就讓她奔跑到校的努力全白費了。

「阿馨，妳又跌倒啦？」

「小馨馨，才剛上學妳就弄髒啦？」

「哈哈！小馨！妳果然是天兵。」

小馨也不知道為什麼自己很受各年級同學的喜愛，尤其是高年級的學姐們特別愛糗她，老是把她當寵物般耍弄。

在進教室前，她的手上已經多了許多零食，還有學姐交代她還的書、學長請她代交的作業、學妹送她的家政課餅乾……小馨想著要將餅乾分送給同學們，一進教室，迎面而來的卻是好友阿椿的臭臉。

阿椿雙手抱胸，面容緊繃的站在門口上，擋住了小馨的去路。

「阿椿，正好，這個餅乾是……」小馨滿心歡喜的將餅乾遞給阿椿，後者卻沒有收下的意思，只見阿椿上下打量著滿身髒汙的小馨。

「又被妳姐欺負了？」阿椿挑著眉問道，清秀稚氣的臉上滿是不悅。

「她以為她是誰啊？我去找她算帳！」阿椿說完馬上轉身走出教室。

「阿椿！」

小馨無奈的想，自己都還沒向阿椿抱怨又被他放鴿子，讓自己得自行到學的事，但看到阿椿捲起袖子，一副要去打架的模樣，她還是趕緊追了上去，抓住青梅竹馬的手解釋道：「是我自己跌倒啦！」

「每次經過妳姐身邊，妳就會跌倒或是被東西砸到，就算其他人相信她那資優生的假面具，我也絕對不相信！」阿椿不屑的說。

「反正我又沒受傷，姿儀對我很好啦！」

每次都要為了這種事解釋半天，不想浪費力氣的小馨快步走進教室，放好書包後接手阿椿做到一半的例行打掃。

他倆這星期負責整理講台，小馨快速的用抹布擦拭黑板，見小馨毫不在意的模樣，阿椿也只好乖乖跟著繼續打掃。

「唉！輔導課的報告怎麼辦？下星期就要交了耶！」

「喔！」

一聽到作業，阿椿毫不在乎的聳聳肩說：「可是我們也還沒決定要做什麼調查……」

輔導課的老師，要他們調查生活周遭有趣的人事物，小馨理所當然和默契最好的阿椿組隊，偏偏兩人的興趣南轅北轍，每次都要爭執到最後幾天，才願意互相妥協。

這次也不例外，兩人又拖到只剩一個禮拜了，才開始認真面對彼此的意見分歧。

「要做和生活相關的調查，在上課的時候分享，題目自訂……」

「生活相關的話……逛街如何？」

「我沒興趣，要和自己有關……動漫啦！」

「我不喜歡！最好是自己喜歡的，男孩美聲樂團的新MV，最好是有在海邊奔跑的熱血鏡頭。」

「……妳也考慮一下我的男性尊嚴吧！」

「那種東西有存在過嗎？」

他們一邊奮力打著板擦，一邊在飛舞的粉筆灰中絞盡腦汁，突然之間，兩人默契十足的對著彼此大叫：「廟會！」

「調查廟會的小吃攤！」

「調查廟會的起源！」

可惜默契只是一瞬間，馬上就又起了爭執。

「妳只想到吃！」

阿椿不屑的說：「既然要做廟會，當然要寫些文化歷史，了解在地文化的歷史淵源啊！」

「啊？文化……歷史什麼的我聽了就頭痛！一點興趣也沒有！」小馨激烈的反駁：「要做就做哪家小吃攤好吃又划算，不然免談！」

「起源啦！」

兩人一如往常，爭執不下、各執己見，不知何時，喜歡八卦和偶爾會熱心

過頭的班長出現在兩人身後，推了推讓他看起來很聰明的眼鏡說：「乾脆就做最受歡迎的小吃攤起源，如何？」

「喔喔！」小馨聽了班長的建議，眼睛馬上為之一亮。

「眼鏡仔，幹得好！」阿椿也得意的搭著班長的肩說：「你偶爾也幫得上忙嘛！」

「我是經常幫得上忙吧！還有小馨，妳的裙子又穿反了……」

他們隨意將愛碎碎念的班長冷落在一旁，瞬間轉換成旁人無法切入的小組討論模式。

「那我帶相機。」

「我準備錄音筆！」

「就這麼辦！」

「那週六聖母宮見囉？」

阿椿興奮的附和著：「太好了！就等妳這句話，我爸這次也會到聖母宮支援，他可想妳了，一天到晚問妳什麼時候再來玩！」

「真的嗎？」小馨高興的說：「上次叔叔說要幫我看命盤，我也好想見見他！」

兩人又熱烈的討論了一會兒，直到上課才依依不捨的各自回座。

但接下來的數學課、國文課、地理課……無論哪門課，小馨都無心聽講。只見教數學的老師滿頭大汗的填塞著二元一次方程式、國文老師揮汗如雨的講解詩人的愛國情操、地理老師用毫無起伏的音調介紹南美洲的高原……她全都聽不進去，滿腦子只想著要去廟會該準備哪些東西。

不過在這之前，她還得先問過爸媽，一想到爸媽又會拿姐姐的乖巧來告誡她，希望她像姿儀一樣乖乖在家唸書，不要一整天往外跑……光想像就讓她頭疼。

好不容易挨到最後一節下課，她興沖沖的揮別了一起回家的阿椿，趕著進家門爭取廟會許可時，還沒進門，她忽然想起自己忘了帶學習單回家……

＊

沮喪的小馨站在家門前的花圃旁發呆。

莊家是獨棟的兩層樓建築，做木工的莊爸爸親手製作了庭園桌椅和木圍欄，莊媽媽則在圍欄的花圃內種了許多觀賞植物，夏天盛開著紅豔的朱槿，春天則是紫色的金露花。

「小馨？」莊媽媽提著菜籃，站在花圃外。

「到家了怎麼不進去？」

「唉！」

「好啦！快進來，這袋四季豆先幫我挑一挑。」

莊媽媽俐落的開了門，催促小馨快點進門幫忙。小馨上樓放好書包後，立刻站在餐桌前挑著四季豆的梗。

莊媽媽就和平常一樣，從自家經營的木工廠下班後，先趕回家做飯。

莊家人每天都會一起吃晚餐，由於莊爸注重家人間的相處，很少在外應酬加班。

「媽……星期六我可以和阿椿去廟會嗎？我們這組的生活作業，決定要調查人氣小吃攤……」小馨頭低低的，猶豫著該怎麼把自己忘了帶學習單回家的

事說出，還是先徵求出門的同意吧！

「嗯？星期六？可以啊！」莊媽媽切著紅蘿蔔，漫不經心的回答。

聽到媽媽阿莎力的答應，小馨才展露的笑顏馬上就被接下來的話給潑了冷水。

「可是零用錢不會多給妳喔！妳也多跟姐姐學學嘛！不要亂花錢，不要太晚回家，不要……」

此時，姿儀抱著參考書出現在廚房門口說：「媽，我這星期六要去書店買新的參考書，可以嗎？」

莊媽媽一聽到優秀的大女兒又寫完一本練習本，瞬間笑得合不攏嘴。

「當然啦！想買幾本就買幾本，錢不夠再跟我說喔！」

小馨認命的嘆了口氣，希望能沾點姊姊的光，趁媽媽開心時，趕緊先認罪。

「媽，我……又忘了帶學習單回家。」小馨小聲的說。

「妳說什麼？」媽媽的耳朵真尖，一點也沒漏聽。

「妳又忘了帶作業回來？所以我明天又要接到老師的電話，說妳沒寫作業了嗎？」

小馨心虛的撇過頭，想向姿儀求救，姿儀則是迅速轉身坐到客廳沙發上，順手打開電視觀看她最喜愛的推理影集。

面對姿儀的無視，小馨只好硬著頭皮聽訓，並默默祈禱媽媽會記起瓦斯爐上還在悶燒的湯而放她一馬。

莊爸爸穿著沾滿木屑的工作服進門時，就看到這副莊家的日常景象，小女兒態度畏縮的被叉著腰的媽媽訓話，大女兒表情愉快的看著影集裡的驗屍畫面。

「爸，你回來啦！」看到爸爸回來，姿儀一個箭步向前，俐落的接下莊爸爸的工作包。

「爸，小馨今天又在學校跌倒了。」姿儀一臉哀怨的說：「她還差點撞到我耶！」

「那小馨沒事吧？」莊爸爸關懷的看著小女兒。

「我就說了，快點把小馨送走啦！不然我都要被她的霉氣剋到了！」

「我也說過很多次了，這裡就是小馨的家，霉氣什麼的只是迷信，妳怎麼老是跟著起鬨呢？」憨厚的莊爸爸一臉溫和的說：「好了，媽媽妳也別唸了。沒寫就沒寫，小馨自己會處理，瓦斯爐上的湯還在熱呢！」

「喔！我都忘了！真是的！」

小馨偷偷對爸爸行了個舉手禮，莊爸爸也對小馨眨了眨眼，父女倆的默契不言而喻，而小馨也一如往常，沒漏看姿儀那毫不掩飾厭惡自己的目光。

*

晚餐過後，小馨頭疼的在房間裡打開記得帶回家的英文習題，她的房間地板堆滿了衣服，櫃子的門有幾扇沒關，雜物散落一地。她看沒幾行就開始頭昏眼花，想起媽媽要她多跟姐姐學習，於是小馨深吸了一口氣，毅然決然的從書桌起身，抱著英文習題，帶著討好的笑容走到姿儀的房間外，忐忑的敲了敲門，過了一會兒，才聽到姿儀冷漠的聲音傳出來。

「進來。」

姿儀的房間和小馨雜亂的房間不同，既整齊又乾淨，牆上貼了幾張影集的

海報，書櫃裡則擺滿了生物與科學相關的書籍。

「呃……」小馨膽怯的說：「姐……」

「不要叫我姐姐。」

「……姿……姿儀，妳可以教我英文嗎？」

「妳不是過目不忘嗎？」姿儀冷淡的說。

「可是我不知道怎麼運用，這題的文法……」小馨慚愧的滿頭大汗，她的記性特別好，只要看過一遍就不會忘記，但光記得沒用，她總是搞不懂題目在問什麼。

姿儀一臉冷酷的拒絕。

「我明天還要考試。」

小馨摸摸鼻子準備離開，開門前，姿儀起身來到她身後。

「對了，我已經說過了，在學校不要跟我說話，妳這掃把『馨』。」姿儀低聲在小馨耳邊冷漠的說：「不管再過多久，我也不會承認妳是我妹，妳也不用在爸媽面前裝乖，我不稀罕。」

姿儀說完，伸手一推，就把小馨推出房間，並大力關上房門。

吃了閉門羹的小馨，無奈的回到房間，她精疲力盡的躺在床上。果然，她寧願在學校和姿儀說話，也不想獨自面對姿儀。在學校，愛面子的姿儀會用溫柔的語氣回應她，雖然還是在說教就是了。

沒辦法，誰叫姿儀是資優生，而她只是個大而化之、生活邋遢，而且沒有血緣關係的妹妹，怎麼也不好奢望姐姐會真的把她當妹妹看。

這就是她們姐妹倆真正的關係，資優生姐姐其實是小馨的遠房表姐。五歲的時候，小馨因為兩隻手掌上都有的一條深深劃過手掌正中央俗稱「斷掌」的掌紋，而被親生父母丟在育幼院。還好現在的媽媽知道後，出面收養了她，還視如己出的扶養她長大，否則她現在一定還住在育幼院裡，依舊是被拋棄的眾多孩子之一。

所以她唯一的心願，就是報答養父母的恩情，但也是自那時開始，大她一歲的表姊姿儀就將她視為眼中釘。

小馨大剌剌的躺在床上，懶散的翻了個身。

「算了，反正我的目標是報答爸媽的養育之恩，姐姐什麼的就別管了。」

雖然這麼自我安慰著，但小馨的目光卻不爭氣的飄向了跟同學借來的漫畫，那是描寫姐妹情深的故事，讓她看完哭了又看，看完又哭呢！

「明明爸媽很希望我們感情要好，如果和姿儀的感情不好，好像有點對不起爸媽……可是要怎麼做，姿儀才會認同我呢？」

小馨苦惱的在床上亂踢了一陣，將房間弄得更亂，自己也累了之後，才昏沉沉的睡去。

02 廟會上的神祕男子

初夏的星期六，果然是艷陽高照的好天氣，小馨一手拿著冰棍，一手拿著冰糖葫蘆，同時還能順手擦拭掉沿著臉頰留下的汗水。

她精明且快速的檢視了一遍眼前幾十個攤販，右方的烤香腸散發著濃烈的香味，前方則有臭豆腐、豆花、雞蛋糕……每項熱門美食，都吸引著她蠢蠢欲動的味蕾。

小馨和阿椿相約十一點，但事實上，她十點就到了，為的就是趁人還沒變多前，先將所有熱門的攤位吃過一遍。

這天，位在市區的聖母宮為了慶祝廟宇生日，還同時齊聚北中南各友好廟宇合辦遊行，遊行吸引了許多人潮，而且廟方也安排了民俗技藝團，定時在廟前廣場表演。

阿椿怎會不知道小馨的打算，當他倆順利在廟後的石階廣場碰面時，阿椿也早就填飽肚子，小馨則坐在石階上專心的舔著霜淇淋。

「喂！」阿椿出聲吸引她注意。

「妳今天又穿錯襪子了。」

小馨馬上低頭看著自己的小腿，果然，右腳是粉紅色條紋長襪，左腳卻是黃底白花的短襪。

「難怪我覺得右腳特別熱，原來是穿到長襪了啊！」小馨懊悔的說著，順手將條紋長襪拉到跟短襪一樣長度，她的打扮也從不倫不類變成了普通邋遢。

「還有妳昨天也穿這件衣服對吧？」阿椿眼尖的問。

「咦……是這樣嗎？」

小馨困惑的看著自己的上衣，難怪她今天早上覺得自己好像臭臭的，原來不是她的錯覺。

「算了，反正也來不及換了。」阿椿原本打算在小馨身旁坐下，卻看到一團塑膠袋和食物殘渣在小馨腳邊。阿椿不禁露出訝異的表情問道：「妳今天到底花了多少錢買吃的啊？」

小馨伸出手掌比出了三根手指頭，將整個手掌切分成兩半的的深刻掌紋清晰可見。

「三百！」阿椿訝異的說：「那可是好幾天的零用錢啊！」

身為國中生的他們，扣掉飯錢，一天花個一百塊在零食上已經很多了，小馨竟然在一個小時內，就吃掉了三天份的零用錢。

小馨舔舔手指上融掉的霜淇淋說：「哼！為了這一天，我從上個禮拜就開始省吃儉用，每天少喝一杯飲料，還幫媽媽忙做家事，求她多給我點零用錢。這麼努力，今天當然要吃夠本啊！」

阿椿翻了個白眼說：「那妳現在吃夠啦！我們可以開始調查了吧？」

「那當然！」

小馨得意洋洋的說：「你以為我的過目不忘是浪得虛名的嗎？早在剛剛逛攤子時，我就把每家店的老闆長相和食物的價錢都記下來了！」

「誰要妳記老闆的長相啊！」阿椿摀著臉哀嚎道：「妳的過目不忘果然是浪得虛名，空有記憶卻不長腦袋的傢伙。會相信妳算我笨，我們是要調查受歡迎小吃攤的起源耶！」

「咦？記長相和價目沒有用嗎？」小馨困惑的問：「那怎麼辦？看來我是英雄無用武之地了。」

「所以我們就是來討論調查方法的啊！妳這隨便的傢伙！」

阿椿又開始後悔自己和少根筋的小馨同組，雖然他已經後悔不下幾百遍，但最後還是會與她同組。

「妳吃了那麼多家，有沒有感覺哪一攤最有人氣？或者是招牌上有寫什麼三十年老店，古法相傳之類的？」

「對喔！有耶！」

「那我們先確定哪攤最有人氣，再去訪問他們。」

好不容易決定了方向，阿椿和小馨趕緊回到擠滿人的攤販區。

在人聲鼎沸中，阿椿慶幸自己有帶相機來，因為小馨只顧著品嘗美食，明明才剛吃過一輪，她顯然想要開始第二輪了。阿椿決定自救，盡可能多拍幾張會派上用場的照片，順便拍些自己愛好的景色。

小馨如魚得水的穿梭在人潮中，廟會一直都是她最愛的夏季節目，她還記得，小時候爸爸都會帶著姿儀和自己逛遍所有的小吃攤。

身為木工的爸爸，最拿手的是射氣球遊戲，每次都能為兩姊妹贏得許多玩

具。當然，小馨最後一個也拿不到，因為回家之後，姿儀會偷偷威脅她，要她交出所有爸爸送給她的東西。

「有幾攤人數一直很多。」小馨強拉著阿椿穿過人潮，將人氣攤位都指給他看，也不管他正拍得起勁。

「李記香腸啦！」

小馨指著自己早上買過的手工香腸攤，那家烤香腸攤位其實是圍繞著聖母宮的眾多小吃攤中的一家，每次到這附近，小馨一定會嘴饞帶一支邊走邊吃。

「喔！李記啊！的確是老字號的攤位，聽說有三十年歷史了！還有呢？」阿椿毫無興趣的敷衍著。

「還有那攤。」小馨伸手一指，覺得嘴巴又分泌起口水來，她指著大樹下的古早味愛玉攤。

「王家愛玉！」阿椿的眼睛這才為之一亮。

「好！就決定是它了！其他都不用看了。我今天竟然還沒吃到呢！」才說完，阿椿就已經火速趕到大樹下，接在排隊人潮的尾巴。

小馨也趕緊跟了上去。

「別說我不夠朋友，我今天可是忍著還沒吃，就打算等你一起品嘗呢！」

王家愛玉可是每次他倆來到廟會一定要吃的飲品，小馨雖然一早就吃了好幾攤美食，但王家愛玉還是要和好友一起吃才夠味。

他們默默數了數排在前面的人頭，竟然還要等三十幾個人才輪到他們。

「看來有得等了。」阿椿不耐的跺著腳說。

「唉！明明平常也吃得到，但總有種越吃不到越想吃的感覺……」小馨也無奈的說。

過不久，廟前廣場響起了有節奏的鑼鼓聲，舞龍舞獅的表演開始了！有好幾個舞獅團已經在旁熱身，準備連番上陣，大顯身手。

受到表演的影響，大部分的觀眾都被吸引過去，周邊的攤販頓時少了許多人氣，連前方排隊的人潮也減少了一半。小馨和阿椿兩人見機不可失，趁其他人觀望時，眼明手快的坐進了距離老闆最近的一張桌子。

「老闆，來兩碗愛玉！」小馨豪邁的點了愛玉。

「好！馬上來！」

他們宛如在搖滾特區，就近看著老闆手腳俐落的撈了兩碗愛玉，又東撈西撈了一匙又一匙的獨門調味料，沒幾分鐘老闆就將兩碗冰涼愛玉，送到了口水都要流到桌上的兩人面前。

老闆又黑又方的臉上，毫不做作的堆滿了誠摯的笑容。

「少年耶！今天人多，你們等很久了喔！我幫你們加了幾顆粉圓，老闆請客啦！」

兩人低頭一看，果然看到碗裡多了兩人原本沒點的粉圓，喜出望外的兩人，也回了老闆一個大大的笑容。眼看許多客人都圍到了廣場前去，老闆難得多了片刻清閒，也觀望著廣場上舞獅精湛的演出，小馨趕緊把握機會，向老闆請教受歡迎的祕訣。

「祕訣喔？」老闆憨直的臉上露出靦腆的笑容。

「我覺得沒什麼特別的啊！」

「老闆，拜託你了，老師要我們採訪最受歡迎的店家和歷史淵源，說到人

氣店家，你是當仁不讓啊！」

聽到是要寫學校作業的採訪，老闆立刻露出了燦爛的笑容。

「這樣喔！可以幫到你們的話，那我就試著說說看好了！」

看到原本靦腆的老闆竟然說得口沫橫飛，還差點把祖宗十八代都說給他們聽，阿椿和小馨聽得目瞪口呆，阿椿連忙抄筆記和拍了好幾張老闆工作時的照片。

「那成為人氣店家的祕訣呢？」趁老闆喘口氣的時候，小馨連忙問道。

「受歡迎的祕訣啊……」

老闆摸著頭，困惑的說：「傷腦筋耶！我也不是很清楚……這家店是從我爸那繼承來的，我爸又是從爺爺那繼承來的。聽說從爺爺那代開始，這家店就已經很受歡迎了，所以要問受歡迎的祕訣，應該要問爺爺……」

「那老闆的爸爸是怎麼教你的呢？一定是因為你保留了家族的堅持，所以店才能持續受歡迎吧？」

「嗯……這樣說的話……」

老闆托著下巴，邊回憶邊說：「我記得，當我決定要接下攤位時，老爸只跟我說了一句話。他說：『要為自己選擇的事負責。』既然我選擇為別人提供冷飲做為工作，那我就得要把工作做好，盡量滿足客人的需求……」

小馨這才注意到，愛玉的攤位比其它地方都要來得乾淨，桌子和走道也很寬敞，甚至搭起了很大一片帳篷，一直延伸到鄰近的攤販，為這附近所有攤販的客人提供遮蔭。

「那有沒有祖傳祕方呢？」

「當然有啊！不過關於味道、程序，老爸倒是沒有特別叮嚀，所以我有改良口味過，還開發了新口味，只要客人表示喜歡，我就會保留下來……」

「原來如此……」

阿椿努力寫筆記，A4大小的筆記本已經寫滿了好幾頁。

「老闆，如果要給其他攤販建議？」

「喂喂！阿椿，這樣問不太好吧？」小馨連忙提醒阿椿，哪有人會教其他人搶自己客人的道理。

「沒關係，如果這附近的店家都很受歡迎，那帶動的人潮就更多了，這對我可是有益無害呢！」老闆慷慨的笑著說：「建議啊！那就……用心照顧客人吧！」

「照顧客人？」阿椿和小馨不約而同的重複了一遍這令人意外的答案。

「對啊！客人就像我的好朋友一樣，是因為認同我的東西才來光顧的。既然如此，我也要好好回饋大家，除了好吃的東西，還要提供大家舒服的位置和服務，讓大家吃得開心啊！」

小馨想起每次來光顧，老闆都會招待些東西，並且帶著微笑迎接他們。

「難怪老闆願意幫我們寫作業！」

「哈哈！別客氣，有幫上忙就好了！」

就在老闆轉身招呼看完表演，又逐漸湧入店內的客人時，小馨和阿椿兩人相視了一眼，很有默契的一起離開了，將老闆還給那些需要他「照顧」的客人們。

＊

他們避開進香人潮，又回到了大廟後方，也就是兩人原本相約的石階廣場，準備討論分工細節。此時，石階旁也坐了不少民俗技藝團的團員在休息，有的拿著便當大快朵頤，有的則或坐或躺在樹蔭下閉目養神，盡量把握有限的休息時間。

他們在滿身汗臭味的壯丁人群中，找到了一處陰涼的空位，隨性的席地而坐，一旁還有舞獅團的團員，倚著華麗莊嚴的獅頭打鼾。

「喂！阿椿，叔叔今天會待到幾點啊？」小馨邊拿出筆記本，盤算著待會要去找叔叔的事。

阿椿的爸爸是山上一座小廟的廟公。學識淵博，擅長解籤與祭祀儀式的他，除了在社區大學開設了命理與民俗課程外，鄰近鄉鎮的廟宇有活動都會找他幫忙，這次也不例外。

「老爸啊！」阿椿拿出數位相機，認真整理著剛剛拍攝到的畫面。「應該跟平常一樣，會待到活動結束吧！他早上還在解籤處，下午就不知道了……」

「那我們趕快弄一弄，快點去找叔叔！」

「妳這次又想問什麼？」阿椿完成了相片的整理，納悶的問道。

「一樣啊！想問他這個月的運勢……」小馨難得態度扭捏的回答。

「喔！妳們女生就是這樣，老愛算命，知道了又能怎樣？」阿椿不屑的打量著小馨。

「而且妳明明就不是女生，幹嘛假裝愛算命？」

「我是女的啊！」小馨生氣的反駁著。

「沒胸沒屁股，邋遢又遲鈍。」阿椿嫌棄的說。

「就算幻想和美少女般的青梅竹馬來段青澀的甜蜜初戀，看到妳馬上就幻滅了。」

「干你屁事，你這御宅族。身為你的好友，我建議你不要再整天妄想了，快點回到現實吧！」

小馨一把搶過阿椿的相機，發現了阿椿帶相機的真正原因。

「你根本都在拍『痛車』，沒有店家的照片要怎麼做報告？」

小馨不悅的按下刪除鍵，迅速刪掉阿椿花了整個上午拍下的鮮艷「痛車」，報復他剛剛的「汙辱」。

「快住手啊！『痛車』在台灣可是很難得一見的……」

阿椿哀嚎著搶過相機，但已經來不及了，他一整個早上的心血通通付諸流水。

「別鬧了！」小馨不僅毫無罪惡感，還板起臉來訓誡阿椿。

「畫著動漫人物的車子照片有什麼好珍藏的，趕快討論一下剛剛的筆記和分工啦！我還趕著要去吃第三輪咧！我接著還要吃豆花、水煎包、棺材板……沒空和你瞎搞。」

「死小馨，妳怎麼會懂二次元美少女的魅力？妳給我記住！」

不理會阿椿的抱怨，在小馨為了第三輪食物，努力板著臉的情況下，他倆默契十足的完成了分工。

看著阿椿認真謄寫著筆記，小馨不禁回想起十年前他們剛認識時，也是阿椿在幫她做美勞作業。那時，小馨剛轉入阿椿就讀的幼稚園，個性相反的兩人竟成了無話不聊的好友，從此打打鬧鬧到現在。

有一次小馨弄丟了珍惜的護身符，也是阿椿徹夜陪她才找了回來。小馨有時會覺得，阿椿和椿爸反而比姿儀要來得更像自己的家人，無論什麼事，她都可以毫無顧忌的和阿椿討論，也不用刻意隱瞞自己的心情。

「差不多就這樣！」

阿椿伸了個懶腰，輕鬆的說：「妳寫好『源起』和『人物』後mail給我，我明天拿去印，就搞定啦！」

「哼哼！既然如此……」小馨突然擺出猜拳的姿勢大喊：「剪刀、石頭、布！」

面對小馨突然的舉動，阿椿趕緊出了「石頭」回應，卻瞬間敗給了小馨的「布」。

「輸的請客！我要檸檬汁去冰！」小馨得意的說。

「可惡！上次也是我輸耶！」阿椿不甘心的看著自己伸出的石頭，但願賭服輸是他們一貫的默契。

「知道啦！等等喔！」阿椿快速跳下石階，往廟前的攤販廣場走去。

他們的競賽吵醒了一個睡在橘色獅頭旁的中年男子。男子原本只是懶散的抬起眼皮，瞄了吵鬧的國中生一眼，沒想到當他看到小馨的臉時，中年男子突然睜大了眼睛坐起身來。

當他看到小馨伸出的手掌，那明顯將手掌從中間一分為二的掌紋大剌剌的呈現在眼前，中年男子更是以驚訝的眼光來回看著小馨的手和臉，看得小馨超不好意思的，趕緊把手藏到身後。

「欸……大叔……我臉上有什麼嗎？」

聽到小馨的叫喚，中年男子突然回過神來，他沒回答小馨的問題，反而陰沉的打量著小馨的臉，看得小馨一臉尷尬，還好阿椿提著兩杯果汁及時出現，解救了小馨的困境。

「欸……阿椿，我們換個地方吧！」小馨接過果汁，拉了阿椿的手就想走人。

此刻，她只想快點從奇怪的大叔面前消失，那位大叔給人一種很不舒服還夾雜著令人恐懼的感覺。

就在阿椿還搞不清楚狀況時，中年男子一個箭步擋在他們面前，他消瘦的臉龐彷彿被刀刻過般，有稜有角的下巴顯得既銳利又兇狠，他目光如豺狼般緊瞪著小馨，並湊近小馨面前，一臉陰沉的說：「小妹妹，妳天生帶衰。妳最好小心點，妳家最近一定會發生壞事！」中年男子意味深長的看了小馨一眼後，轉身拿起獅頭，離開了石階廣場。

小馨驚魂未定，等到想問清楚時，對方早已和舞獅團消失在人群中。

在休息的民俗技藝團逐漸散去的廟後石階廣場，明明天氣熱得要命，但小馨只覺得自己全身發冷，心臟也不規律的亂跳著，腦袋像陀螺般轉個不停。

「那個人知道自己的事情？他說的話是什麼意思？他會算命嗎？難道『週期』又要開始了？」

「什麼啊？」

阿椿不爽的瞪著男子消失的方向問道：「那人是變態嗎？」但他一回頭，就看到小馨一臉蒼白，毫無血色。

「喂？」阿椿擔憂的問：「小馨？妳怎麼了？喂！回神喔！」

　　阿椿毫不留情的用力拍打著小馨的臉，順便藉機報復相片被刪掉的仇，但小馨卻像人偶般毫無反應。如果是平常，小馨早就回賞阿椿一巴掌，再多加幾個粉拳打得他滿地找牙，但這次，不管阿椿怎麼拉扯她的臉，小馨就是毫無反應。

　　應該說，她已經被嚇得魂不附體了，只因為那個陰沉大叔的幾個字。

　　結果那天，小馨心神不寧到連自己怎麼回家的都忘了，當然也沒能如預期的見到椿爸。

03
隱瞞的身世

自從廟會結束，小馨就顯得很反常，即使在走廊遇到同學，也不像從前那樣開朗的打招呼，反而畏縮的低著頭快步離開，搞得同學們都擔心起她來了，以為小馨生病了。小馨也知道自己這樣不好，但只要一想起廟會上那名神祕中年男子所說的話，她就驚恐不已。

圍繞著小馨的腦袋打轉，佔據了她全部精神，讓她無法安眠的「週期」，其實是指從小馨有記憶開始，每隔一陣子，她家就會莫名倒楣，接二連三發生事故的情況。好幾次爸媽意外受傷後不久，姿儀也會跟著受傷，然後是小馨自己和身邊的朋友……不知從何時開始，姿儀認定了家人會受傷，都是因為小馨的斷掌帶來厄運的緣故，雖然爸媽表明了不相信也不介意，但正因為爸媽袒護的態度，反而讓姿儀更討厭她，小馨也遲遲無法獲得姿儀的認可。

雖然自從上了國中，「週期」一直沒出現過，但只要一想起那位神祕中年男子，小馨就莫名的害怕，她肯定這是「週期」要出現的預兆，只要接近她的人就有可能會受傷。以前年紀小，小馨不知道怎麼預防，但她想到自己已經是個青少年了，為了不讓自己的惡運影響到別人，她一定要主動做些什麼。於

是，小馨決定盡量與他人保持距離，根據她的經驗，只要忍耐一陣子，一段時間後，霉運就會自動離開了。

做好決定的隔天，小馨就向老師請求換到最角落的位置，理由是自己對粉筆灰過敏，得離黑板越遠越好，老師雖然半信半疑，但看到小馨的態度堅決，只好同意。接著，小馨又主動和打掃校園角落的同學交換工作，這樣才能確保附近不會有同學被她「剋」到。最後，為了閃躲「親近的朋友」阿椿，只要一下課，小馨就躲到女生廁所，假裝自己拉了一整天的肚子，必須以廁所為家。

小馨認為自己的計畫肯定萬無一失，她已經做到將自己從朋友圈隔離，雖然也獲得了許多白眼。在家中，她則盡量躲在房內，對家人的關懷充耳不聞，努力錯開與家人的相處。

就這樣過了一個星期後，同學們和阿椿再也受不了她的奇怪舉動。阿椿首先發難，趁著掃地時間，搶在小馨躲進女廁前，硬是將她抓到了人煙稀少的垃圾場旁，打算對小馨逼供。

「妳已經拉了很多天的肚子了，又過敏又拉肚子的，妳到底怎麼了？」阿

椿擔憂的問。

面對阿椿的擔憂，小馨不僅充耳不聞，還緊張的左顧右盼，就擔心會突然有顆棒球或足球甚至是手榴彈砸到阿椿頭上。

「別管我了，和我待在一起很危險，你一定要快點離開！」小馨奮力想將阿椿推開。

「妳到底在說什麼啊？」阿椿硬是站在原地不動。

「阿椿，算我求你……」小馨則硬是想將阿椿推開。

就在兩人僵持不下之際，突然一聲巨響打斷了兩人的拉扯。

「哇啊！」受到驚嚇的小馨奮不顧身的將阿椿撲倒，她想，起碼自己可以作人肉盾牌，保護阿椿不受傷害。

被小馨用力撞倒在地的阿椿，只覺得自己的肋骨肯定被斷了好幾根，不然胸口也有一大片瘀青，他努力想爬起身來，卻被小馨像八爪章魚一樣固定在地上。

「嗚嗚！阿椿，我對不起你……嗚嗚……」

阿椿翻了個白眼，毫不留情的一腳踹開小馨。

「莊曜馨，妳夠了沒？」

但小馨卻一把鼻涕一把眼淚的黏回阿椿身上，阿椿只好手腳並用的推開已經哭得鼻水口水都糊成一團，毫無形象可言……唉！真讓他不想承認的青梅竹馬。

「噁！有夠髒……妳竟然將鼻涕抹在我的襯衫上！」阿椿嫌棄的脫掉襯衫，打算只穿汗衫上完剩下的課。

「阿椿……你沒事嗎？」小馨用力吸著即將流出的鼻涕，擔憂的掃瞄著阿椿全身，除了襯衫上那一大坨鼻水和難看的臉色，好友似乎毫髮無傷。

「你到底在發什麼神經啊？」阿椿忍無可忍，揪著小馨的襯衫質問：「這一個星期來，妳不是搞自閉就是像剛剛那樣突然自爆，臉色陰沉得好像每個人都欠妳一百萬！」

「我……我不知道你在說什麼……」小馨心虛的回答，她賊頭賊腦的尋找開溜的機會。「啊！有正妹！」

「少耍白癡！我只對動漫美少女有興趣！這招對我沒用！」為了不讓小馨逃跑，阿椿乾脆用手架住小馨的脖子，並用拳頭緊揉她的太陽穴。「快、給、我、從、實、招、來！」

「挖！好痛好痛！」太陽穴被猛按，小馨疼得直飆淚，只好趕緊求饒。「我說就是了，快點住手啦！」

阿椿這才放開小馨，他無視小馨充滿怨恨的眼神，劈頭就問：「妳這星期都在幹嘛？」

「你太過分了，我好歹是個女生耶！」小馨並沒有馬上回答，反而怨恨說道：「竟然使出太陽穴攻擊！」

「誰管妳！是妳先發神經的，我還沒算襯衫的帳咧！」阿椿毫不理會小馨的抱怨。「妳還不打算說嗎？」阿椿劈哩啪拉的折起手指關節，露出猙獰的表情說：「要我再來一次嗎？」

「住手啦！我說就是了！可是……可是……」

「怎樣？」

「可是我說了之後，你不可以笑我，也不可以再靠近我身邊喔！」

「不可以靠近妳？妳先說說看，我視情況做決定。」

「你先答應再說。」

「妳先說，我再考慮。」

「那這樣如何？」

陷入僵局的兩人，都被身後傳來的班長聲音嚇到，他倆驚嚇得回頭一看，班長不知何時，又突然出現在身後。

「班長？你在這裡站多久了？」

「比起這個，我比較好奇小馨的理由。」只見班長不理會他們的驚嚇，理所當然的推著眼鏡，冷靜的說：「小馨先說，說完之後，我們都答應不會笑妳。至於接近的話，我可以答應我絕不接近妳，阿椿則再考慮。」

「啥？」小馨瞪大了眼睛反問：「干你什麼事？而且這樣我好像比較吃虧耶！」

「我覺得很划算啊！」阿椿見風轉舵，露出賊笑附和著。

「我也這麼覺得。」班長冷靜的說。

被四隻眼睛瞪著的小馨，只覺得自己的人權都被踐踏光了。「嗚！可是……」

「那我再附送一個條件。」班長大發慈悲的說：「如果妳說了，我就把剛剛那聲巨響的由來跟妳說。」

小馨和阿椿的眼神突然發亮，他們剛剛就是因為被巨響嚇到，才開始了這場鬧劇。

「噁心馨，快說。我也想知道巨響是什麼，竟然害我的襯衫毀了！」阿椿不滿的說。

「我……我……」感受到兩位男生的急迫，加上小馨自己也對巨響好奇得要命，她決定只好開誠布公了。

「你們都知道我是被領養的吧……」

「嗯啊！」小馨的養女身分是學校公開的事，但因為小馨的開朗和好人緣，沒有人在意。「那又怎樣？」

「妳突然自卑起自己的身世？」班長好奇的打岔問道：「覺得自己好可憐，被大家唾棄之類的？」

「不是啦！」小馨說：「其實……我被領養的原因是……」

「是？」

「是因為……」

「是因為？」

「因為我有斷掌啦！」小馨被看得窘到不行，乾脆一不做二不休，將自己的兩隻手掌攤開到兩人面前，一次說個清楚明白。

「啥？」看著小馨像投降般高舉的雙手，阿椿和班長兩人困惑不已。「那又怎樣？」

「咦？你們不知道嗎？」這次換小馨困惑不已。「聽說有斷掌的女孩會剋父剋母，還會為親朋好友帶來厄運……」小馨越說越小聲，因為眼前的兩名男孩不僅沒有被嚇到，反而露出奇怪的表情看著她。

「怎……怎樣？」

「欸……這位腦容量不足的少女，妳知道現在是西元幾年了嗎？」班長推著眼鏡，輕易的說出了極為諷刺的話。

「二〇一四年啊！那又怎樣？」小馨不滿的反駁：「我知道這很難相信，可是我就是因為這個理由被拋棄的啊……腦容量不足的不是我，是我的親生父母！」

面對突然憤慨不已的小馨，班長和阿椿兩人面面相覷，終於收起輕率的態度。

「抱歉，我不該嘲笑妳……」班長面露歉意的說：「我還是先回去好了，讓阿椿陪妳……」

「等等！」小馨和阿椿一起喊道：「巨響的原因咧？」

「啊！那個啊……」班長不好意思的抓抓頭髮說：「那是我在偷聽你們講話的時候，不小心撞倒了堆在旁邊的廢鐵材……」

「你果然偷聽很久了！」

「好啦！只是剛好路過嘛！」班長臨走前，還善解人意的說：「剛剛聽到的事，我會保密的，放心吧！」

看著班長走遠，阿椿也收起了訕笑的表情。

「抱歉啦……剛剛笑了妳……」

「你們明明說好不笑的！」

「喔……我已經道歉了啊！」阿椿不服氣的說：「妳都知道拋棄妳的父母腦容量不足，妳幹嘛跟著相信，還跟大家保持距離？」

「因為……」

小馨鼓起勇氣，將「週期」的事一五一十說給阿椿聽，包括莊爸莊媽的包容以及姿儀怨恨小馨的理由。阿椿難得收起了打鬧的態度，一直安靜的聽著。

「就是這樣，所以我這次才打算盡量遠離大家……」

「妳爸媽沒說什麼喔？」

小馨搖搖頭說：「沒有……你也知道我爸，他是個好好先生，只要家裡平靜就好了，我媽也一樣，姿儀恨不得我消失，現在這樣對她來說剛好。家裡只覺得我又有那根神經不對了而已……」

「也是啦……」阿椿理解的點點頭：「如果做父母的突然關心起小孩的心情來，那才真的是怪事咧！」

小馨毫無形象的擤了擤鼻水，故作堅強的說：「我都說完了。照約定，你快點走吧！」

「妳白癡啊！」阿椿不以為然的說：「妳的辦法爛透了！現在哪還有人會一個人躲起來哭，妳以為妳是偶像劇女主角喔！拜託，妳長那副德性，就算再多點悲情的身世，也不會有家世一流的白馬王子出現來幫妳啦！」

被阿椿扁得一文不值，小馨氣憤的脹紅了臉。「我哪有幻想會有帥氣的王子出現啊！而且我是為了你們好耶！」

「如果真的是為了別人好，就直接講清楚說明白。」阿椿嚴肅的說：「妳不知道突然被疏離的感覺很糟嗎？不只是我，班上的同學都很擔心妳，還懷疑妳是不是思春期到了，還是煞到那個倒楣鬼，得了相思病咧！咳！咳！」

「思你個大頭鬼！」小馨狠狠的捶了阿椿一拳，打斷他莫名其妙的猜測。

「反正不要再接近我了！我要走了！」不懂她的煩惱，還嘲笑他的阿椿實在太

可惡了，小馨憤怒的跺了跺腳，無視阿椿彎著腰，抱著肚子痛苦咳嗽的模樣，她大步邁向教室的方向。

「等……等一下！」眼見小馨真的轉身就走，阿椿趕緊狼狽的伸手拉住她。「等一下啦！」

剛被阿椿激怒的小馨還在激動中，她目露兇光的瞪著阿椿，冷酷的問：「我該說的都說完了，請問你還有什麼事？」

「哇！欸……」看到小馨駭人的表情，阿椿不禁倒退了一步，結結巴巴的說：「那個……我想說……我知道妳很煩惱啦……那個……」

「所以呢？」小馨依舊用宛若冰山的表情問：「你到底想說什麼？」

「就是……這個時候呢……」阿椿一邊迴避小馨的目光，一邊努力表達他的意見。「就應該要尋求幫助啦……」

「這位同學，你剛剛的態度已經很明白的表現出你的意見了。」小馨不屑的說。「我這小小的煩惱只是思春期少女的妄想。難道你現在要說，你決定要幫助我這小小的妄想嗎？」

「我都跟妳道歉了，妳很……煩……耶……」阿椿的音量越變越小，因為小馨已經開始握起拳頭，作勢要贈送他兩拳了。「冷……冷靜點！我……我想說的是，我們去找我爸談啦！」

聽到阿椿提起椿爸，小馨馬上放下拳頭，表情也柔和了下來，她困惑的問：「找叔叔？為什麼？」

「妳該不會忘了我老爸是做啥的吧？」阿椿表情得意的說。

「咦？」

「妳剛才自己也說了，因為斷掌的關係，所以每隔一段時間，就會變成掃把星的體質，害身邊的人倒楣，對吧？」

「嗯……」小馨失落的點點頭。

「但是這一點科學證據都沒有，只是迷信而已，對吧？」

「這哪有辦法證明啊！」小馨語氣猶豫的說。

「既然沒有辦法證明，那也沒辦法說這不是巧合，對吧！」

「怎麼可能會是巧合……每次耶……果然因為我的斷掌的關係……」小馨

沮喪的說：「所以我才會被拋棄……」雖然嘴上說自己的親身父母既迷信又無情，但小馨自己也知道，她依舊受到被拋棄的影響，也認為自己是個掃把星。

「所以這個時候呢！就要交給專業的人出馬了！」阿椿一派輕鬆的說：「我們去問問老爸吧！既然妳覺得自己是掃把星，那就交給我爸處理，妳忘啦？他可是專業的命理老師耶！他一定可以想出正派又安全的辦法，讓妳不用避開人群，也可以好好和厄運打交道的方法。」

小馨既心動又猶豫，她也不是沒有想過直接向椿爸請教方法，但她擔心，如果連信賴的椿爸也嫌棄她，那她該如何是好？「可是……如果連叔叔也說我是個掃把星，會害到週遭的人，然後禁止你和我交朋友怎麼辦呢？」

「那也要先問過才知道吧！而且我才不管我爸咧！無論如何，我保證我們都會是好友！」阿椿拍拍胸膛，一臉誠懇的說：「這樣安心了吧！」

「阿椿……謝謝你……」認識這麼久，小馨突然覺得阿椿變可靠了，她決定之後要好好答謝他，不再隨便亂動他收集的美少女公仔時，阿椿接下來的話卻讓她瞬間從崇拜轉變成怨恨。

「OK啦！畢竟妳也只有開朗和少根筋的優點，如果連這都沒了，那就會被貼上陰沉的醜女之類的綽號。真要變成那樣，我打死也不要承認我們從小一起長大，那一定會變成我人生的汙點……哇啊！」

小馨使盡全力朝阿椿的小腿脛骨踢下去，打斷了他過於坦白的感想，並轉身大步邁開，留下阿椿一人抱著腿亂叫亂跳。

再次邁開前往教室的步伐，小馨感覺自己的腳步充滿活力，好像先前樂觀的自己，又一點一滴回到了身上。雖然阿椿一如往常，狗嘴吐不出象牙，說了一堆令人生氣的話，但那些話卻讓小馨不自覺露出了笑容，感覺自己多了許多勇氣去面對命中注定的「厄運」。

04
雕像與男孩

「老師！」

坐在教室坐前排的歐巴桑高舉右手，努力吸引那位被稱作老師，氣質斯文俊朗的中年男子注意。

「阿香姐，有什麼問題？」椿爸從正在巡視的教室後方，快步走到歐巴桑的座位旁。

「就是啊！」阿香姐嬌滴滴的說：「這邊人家看不懂啦！」

「這個啊！這邊要先這樣……再這樣……」椿爸鉅細靡遺的在紙上示範給學生看。

與教室內熱絡的氣氛不同，在窗外的阿椿和小馨面有菜色的看著室內上演的「山寨中年版」偶像劇。

「欸！阿椿，我們還要等多久，叔叔才會下課啊？」小馨邊用紙扇搧風邊問。

「再等十分鐘吧！而且他們正在練習排命盤，下課後還有很多問題要問，我們還有得等了。嗯……那個歐巴桑看起來應該有五十了吧！她穿的會不會太

少？胸部都快貼到我爸身上了……」悶熱的空氣也讓阿椿揮汗如雨，他羨慕的看著室內天花板上，全速運轉的的八台電風扇。

「她是隔壁班阿管的媽媽喔！」

「……剛剛的話當我沒說……」

「沒辦法，誰叫叔叔私底下是這附近的師奶殺手，每次開里民大會，很多阿姨們都是衝著能和他聊天才參加的。溫柔體貼、善解人意，根本就是鄉土版的心理輔導師……我媽也說過，覺得他很帥之類的話。加上單身，兒子也長大了……」

原本扳著手指頭一一算著椿爸的優點，小馨突然停了下來，偷偷觀察著阿椿的反應。

「說得也是，我老媽都死了十年了，就算我爸這幾年決定再婚，我也不意外。」

阿椿聳聳肩，無所謂的說：「不過這種事應該不會發生啦……」阿椿接著又補了幾句。

「他老是說，等到我長大獨立，娶妻生子後，他就要歸隱山中當隱士什麼的……『每天過著與世無爭，悠閒自在的日子！』之類的……」

「哈哈哈哈！好像叔叔會說的話喔！」聽到阿椿維妙維肖的模仿著椿爸的語氣，小馨不由得笑了出來。

他們兩人又在走廊忍耐了五分鐘的悶熱後，小馨終於忍不住提議：「我們先到外面買個飲料，然後再回來看下課了沒，怎麼樣？」

「好……就這麼決定……」

聽到可以到外面吹吹風，阿椿如釋重負的附和著，他幾乎要被自己的汗水淹沒了，得快點補充水分才行。

他們各自買了運動飲料和茶飲回到校園，如阿椿所預料，椿爸依舊被熱情的學生們團團包圍，於是他們決定走到相對涼爽的庭院等待。

在庭院正中央，有座圓形的噴水池，被清涼的水氣吸引，他們選擇坐到閃爍著昏黃燈光的噴水池旁。面積不大的噴水池安靜的座落在校園一隅，平時根本不會有學生停留，水池正中央，有座用白色石頭雕刻的小男孩，雕像的背上還有一對翅膀，小男孩手中則拿著一副弓箭，雕像本身因為年代久遠，靠近水池的底部已長滿青苔。

映著昏黃燈光的水池邊，氣氛出奇寧靜，一時間，只有兩人默默喝著冷飲的聲音。

「唉！為什麼到了晚上還這麼熱啊？」小馨抱怨道。

「因為那個啥……溫室效應？」

「你知道夏天很熱的時候，要怎麼消暑嗎？」小馨突然神祕的說。

「吹冷氣？」阿椿不感興趣的敷衍著。

「哼哼！講幾個讓人背脊發涼的怪談就可以了……」

「……是喔！我倒想聽聽有什麼怪談可以嚇倒我，我可是在廟裡長大的孩子呢！」要講怪談，阿椿可是半點都不信。

「那就聽好啦！這也是我從學姐那聽來的……你知道這個雕像嗎？」

「好像叫邱比特？我沒啥研究外國的東西，怎樣？」

「聽說邱比特是希臘神話中的神，他有一把神奇的弓箭，就是他手上拿的

那個，只要被他射中，就會生不如死，命運從此變得不幸……」

小馨陰沉的說：「只要惹怒了他，他就會用弓箭對付你，連太陽神阿波羅都難逃他的魔掌，相對的，只要供俸他，他就讓信徒過著萬事順利的生活。」

「喔！那又怎樣，跟某些中國的神很像啊！而且這只是尊雕像吧！神話什麼都是假的吧！」

「接下來才是恐怖的……」

小馨壓低了音量，怪聲怪氣的說：「你不覺得……我們學校明明是很普通的國中，可是卻有這尊外國神像，很奇怪嗎？」

「的確滿少見的……」

阿椿莫名的也跟著緊張起來，他吞了吞口水，謹慎的打量起眼前的小男童雕像來。

「其實啊……聽說這個雕像，是很多幾年以前，有一位大我們好多屆的學姐，她為了祈禱自己能順利考上第一志願，特別央求當時擔任學校校長的爸爸蓋的……」

「可是……你也知道，我們學校從前是座墳場……」昏暗的燈光讓小馨的臉染上詭譎的陰影。

不知道是不是在陰涼的水池邊的關係，阿椿突然覺得自己的背脊涼了起來，一點也不熱了。

「啊……很……很多學校以前都是吧……」

「是沒錯，可是其他學校裡面沒有供奉外國的神……所以這尊外國神像特別寂寞，在異地的生活反而惹惱了祂，當然也沒有保佑學姐……」

「是……是喔……」阿椿忍不住吞了吞口水。

「所以學姐理所當然落榜了……」小馨惋惜的說：「然後……」

「然……然後？」

「然後學姐為了洩恨，就打算要爸爸將雕像破壞後丟棄。但就在預定破壞作業的前一天晚上，學姐卻失蹤了……」

「欸……」

「大家找了很久都沒有找到學姐……直到有一天，有人在雕像旁發現了學

姐的鞋子……」

「那……那表示……」

「對，學姐不知為何，消失在水池中，最後連屍體都沒找到……」

「不對喔……」

低沉的嗓音突然從兩人背後傳來，嚇得阿椿大叫一聲，還差點掉進水中，小馨則露出驚駭的表情瞪著黑暗中顯現的人影。

「邱比特是愛神，沒有掌控命運的能力，而且希臘的信仰已經失傳很久了，現代應該沒有人會膜拜希臘眾神囉！」

椿爸一臉無奈的看著兩個大驚小怪的青少年，搖搖頭說：「膽子這麼小，還好意思說自己是廟裡的孩子嗎？阿椿？」

「閉……閉嘴啦！誰叫你要突然從後面靠近啊！」見來人是自家老爸，阿椿這才站直了身體，滿臉通紅的反駁。

「叔叔！」小馨撫著狂野跳動的心，心有餘悸的叫著。

「我們差點被你嚇死！你下課了嗎？」

「對啊！好久不見囉！小馨。」椿爸一臉和藹的摸著小馨的頭。

「老遠就聽見你們在講怪談……我聽阿椿說了，妳有事情想問我？」

「嗯……是關於『命運』的事……」

「想問『命運』？」椿爸順勢坐到水池邊，溫和的問道。

「喂！老爸，不到教室去嗎？」阿椿插嘴問道。

因為剛剛的話題，讓他覺得夜晚的水池邊格外陰森，他總覺得水池中好像有鞋子的影子。

「你害怕啊？」椿爸奚落的反問獨生子。

「去，有什麼好怕的。我……我只是覺得這邊聊天有點太暗了……而且這雕像很陰森耶……」

「哈哈！剛剛也說過了，邱比特是愛神，你們誤會他的故事了，而且現在回教室……」椿爸露出疲倦的表情說：「那我好不容易脫身過來找你們，就白費功夫了……」

小馨和阿椿的腦海裡，不約而同的浮現椿爸被眾多歐巴桑們團團圍住，終

至滅頂的畫面，他們默默點頭表示贊同。

「那就在水池邊吧！」小馨好奇的看著池中的雕像。

「那邱比特的故事是在說啥？」

「愛神邱比特的故事嗎？有副神奇的弓箭是說對了，不過弓箭的效用錯得離譜。」

椿爸看機會難得，乾脆為他們補充點知識。

「傳說邱比特有兩種弓箭，被鑲金的箭頭射中，就會愛上第一眼看到的人，被鐵製的箭頭射中，就會從此厭惡愛情，從其他角度來說，這也的確是操縱命運的手法吧！」

「原來如此。」小馨點點頭。

「跟傳聞也差太多了吧！」

「那學校為什麼會有這座雕像？」阿椿不解的問。

「那個啊！我記得好像是有一屆的學生家長很喜歡西方的東西，家裡多買了順便捐贈的吧！」椿爸不以為然的回道。

知道真相的阿椿鬆了一口氣，再看那尊男孩的雕像時，突然覺得小男童變可愛了。

「可惡，小馨，妳剛剛竟敢嚇我！」

「我……我也不知道啊……是學姐的說的嘛……」小馨無辜的辯解著。

「這就是以訛傳訛的教訓囉！」椿爸說：「小馨，『命運』也一樣喔！」

「命運……」

一聽到命運這個詞，小馨又變得低潮起來。

「叔叔……真的有人天生帶衰嗎？」

「對啊！老爸，我們今天就是想問你這個。你看……」

阿椿拉過小馨的手，將她的手掌朝上，在昏黃的燈光下，劈開了小馨手掌的兩條掌紋顯得特別深沉。

「喔……」

椿爸興味盎然的看著她的手。

「原來妳有斷掌啊！小馨，我以前都沒注意到呢！」

「叔叔……其實……就是因為這雙斷掌……我……」

「這傢伙就是因為這樣，才會被莊叔叔他們家收養的，你知道的吧！老爸。」阿椿接著幫小馨把話說完。

小馨的養女身世，在他們那附近，雖然不是什麼轟動到無人不知無人不曉的事件，但只要是小馨生活周遭的人都知道，不是祕密就是了。

「知道啊！只是理由還是第一次聽到。」椿爸點點頭，憐惜的看著小馨。

「結果這傢伙就認為自己不定時會變成掃把星，把周遭人的不幸都當成是自己的責任，自以為是的當起獨行俠來了。你也說說她吧！」

「沒想到竟然是這種原因。」

雖然在自己老爸面前，阿椿語氣頗有收斂，但依舊毫不客氣的數落著小馨的「悲劇」行為。

小馨被阿椿說得抬不起頭來，試圖為自己辯解。

「可是……真的發生過啊……」

面對總是體貼對待自己的椿爸，小馨忐忑的問道：「叔叔，這個世界上真

的有命運嗎？」

椿爸說：「當然有啊！」

小馨又接著問：「既然有命運……那注定不幸的人……奮鬥又有什麼意義呢？」

椿爸沒有立刻回答小馨的問題，反而伸出了自己的一隻手來，在昏黃的燈光下，逐一的點出了掌心中的事業線、愛情線、生命線……然後對兩人說：「來，跟著我一起做。」說著，他慢慢的彎曲手指握成了一個拳頭。

小馨和阿椿聽話的照做了，三個拳頭一起聚集在萬里無雲的星空下。

椿爸問男孩和女孩：「拳頭抓緊了沒有？」

他們異口同聲的回答說：「抓緊啦！」

椿爸又問：「生命線在哪兒？」

小馨回答：「在我的手裡呀！」

椿爸笑了，追問：「那麼，命運在哪兒？」

猶如當頭棒喝，小馨頓時恍然大悟的說：「命運在自己的手裡！」

椿爸又笑了，繼而平靜的說道：「小馨還有阿椿，你們記住，無論別人怎麼說，命運始終是在自己的手裡。命運雖然已經注定了，但每個人都有選擇面對命運的能力，進而從中學到讓自己成長的課題，而不是被命運掌控，變得患得患失，惶恐不安。為自己的選擇負責，就是我們所能做的，這就是為什麼明知道注定了卻還是要學習命理的原因，我們學習的，其實是平靜面對的態度喔！」

「你課堂上的那些歐巴桑們真的這麼有上進心喔？」

「大部分囉！學命理的時候，預先知道有可能發生的事，就可以做好心理準備，讓自己更容易坦然面對。如果學會了平靜面對所有發生在生命中的事，那就能大事化小，小事化無，越是驚慌面對，反而會擴大對災難的恐懼。像你們不就把明明沒有的事渲染得好像有這麼一回事，被莫須有的事給嚇得跳起來嗎？如果你們一開始就知道這個雕像的故事，就不會被謠言牽著走，對吧？」

椿爸挑著眉看著阿椿，彷彿還在取笑他先前的膽小。

阿椿不服氣的反駁：「我才不是膽小……我是……」

「那『天生帶衰』的命運……要怎麼平靜面對呢？」小馨一把推開礙眼的阿椿，困惑的看著椿爸。

「妳是要選擇相信自己帶衰，所以就自責一輩子，什麼都不敢做呢？還是要選擇相信自己能從挫折中學習和成長呢？」椿爸微笑的問著小馨。

「我……我想選擇成長……」

「那妳就已經做了選擇，只要隨時記得，為自己的選擇負責。雖然有時候……」

「有時候？」

「有時候我們會忘記自己有選擇的能力。到時候，若妳又變得沮喪了，要記得，不管何時來找我或阿椿都可以喔！妳爸媽一定也會支持妳的。」椿爸對小馨眨眨眼，全身彷彿散發著柔和的光芒安撫著小馨。

小馨崇拜的看著椿爸，心裡就像吃了定心丸，什麼煩惱都已經拋到九霄雲外了。

「那我再幫妳看看這個月的運勢，一起回教室吧！」椿爸紳士的舉起手讓

小馨搭著。

「好！」

他們兩人齊步離開了水池邊，完全忘了阿椿的存在。

「喂！等我啊！」阿椿趕緊追了上去。

離開中庭前，阿椿又朝那小男孩的雕像望了一眼，卻似乎看到雕像在對他眨眼，阿椿不由自主的顫抖了一下，連忙跑離陰森的水邊。

05 好運研究會

「我決定了！」小馨突然從埋首的工作中抬起頭來，大聲宣布：「我們來成立一個社團吧！」

「啥？」阿椿連頭都不抬，懶洋洋的回應著。

他們正在幫忙老師製作成績的平均表，換取待在冷氣房的特權。

「我說，我們來成立一個幫助大家的社團吧！」

「妳在幻想喔！哪來的閒功夫啊？」

升上國二的他們，多了許多需要分組報告和調查的作業，還有運動會和園遊會的籌備事宜。在學校交遊廣泛的小馨和做事認真負責，擔任班級幹部的阿椿，經常被委任各式各樣的行政工作，舉凡跑腿、打雜等。比如這天，他們結束了成績登記後，下午還得幫忙籃球社的學長整理比賽記錄。

小馨也知道阿椿說的沒錯，可是那天在水池邊聽了椿爸的一番話，「命運掌握在自己手中」這句話已經深植在她心中。

如果天生帶衰的意思是指，天生得要經歷比別人更多的磨練，那她也想主動做好相對應的準備。多做事等於有更多學習的機會，從錯誤中學習就是最好

的累積，這是這幾天下來，自己反覆想了許多的結論，所以她決定乾脆創立一個社團，絕對是可以增加經驗的方式之一。

「就叫好運研究會吧！」

小馨興致高昂的說：「我們來研究可以為大家帶來好運的方法！」

「欸！請讓我PASS……」

阿椿搖動著雙手，試圖吸引情緒亢奮的小馨注意，無奈小馨完全沉浸在自己的妄想的美好遠景中。

「我是社長，你就當副社長！」

小馨熱烈的宣佈：「我想了很久，上次叔叔不是說，命運掌握在自己手中嗎？」

「所以增加好運什麼的……根本就沒有意義吧！只要保持平常心，既來之則安之就好了。」為了減少一件麻煩事，阿椿努力說服小馨放棄，可惜小馨的樂觀有時候到了不合常理的程度。

「試著幫別人做點什麼，也可以鍛鍊平常心啊！」

小馨充滿期待的說：「所以我要幫助跟我一樣以為自己正在走霉運的人。讓他們認為自己的運氣變好了，心情變開朗了，凡事往正面想了，自然就真的會有好運氣了！改變想法，就可以改變命運！因為命運掌握在自己手上！」

「隨便妳……反正我PASS。」阿椿毫無幹勁的推辭著。

「阿椿！拜託了，你一定要幫我，我們是好麻吉啊！就像周瑜和諸葛亮一樣！」

「欸……他們是競爭對手……完全不是好友的關係……」阿椿提醒小馨。

「話說，妳不是才剛從自我厭惡中釋懷嗎？怎麼這麼快就想去幫人了？不要還沒幫到人，自己先累垮了吧？」

「放心吧！我現在知道煩惱都是自找的。而且就因為我之前竟然傻到認為獨自一人就可以解決問題，所以我現在才更要去幫助也在獨自煩惱的人！」

「呵呵！那很好啊！祝妳成功。」阿椿敷衍的回應後，將注意力轉回到成績登記上。

「好了，副社長，馬上來想社團主要的活動方式吧！」小馨一把捉住轉身

想逃的阿椿衣領，用充滿期待的表情看著他。

「唉……隨便啦……」

面對小馨的幹勁，阿椿只好乖乖投降。

於是，就在小馨充滿活力，阿椿微弱的反駁卻毫無作用的情況之下，只有兩名社員的好運研究會順利成立。社團活動的時間，就定在社長和副社長固定會聚會的週五晚上。

「那……要怎麼幫助別人相信自己運氣很好呢？」阿椿無力的問。

「嗯……首先，找出覺得自己運氣不好的人。如何？」小馨托著下巴問。

「喔！好哇！那就這樣吧！」

阿椿語帶調侃的說：「我們就站在校門口，向經過的每個人問：『哈囉！你覺得自己運氣不好嗎？想不想要轉運啊？』這樣如何？這肯定會被當作詐騙集團，不然也是奇怪的直銷團體。我才不想丟這個臉咧！駁回！」

「我說，你可不可認真一點？」小馨語帶威脅的說：「從關心身邊的人開始不就好了，幹嘛想的那麼複雜！比如說，上次我和二班的小九一起打掃操場

的時候，她就說她每次經過球場一定會被球打到。不管是籃球還是排球，甚至羽球都有『殺』到過她，她就覺得自己很倒楣，老是被球K。」

「真麻煩，那只是因為她走路老是心不在焉，反應又遲鈍。大部分人經過球場，看到球飛過來都來得及反應，就算接不起來也閃得過，那是她自己的問題。」阿椿不感興趣的說。

「可是小九認為是自己的體質問題，會吸引球去K她，這不就很符合我們社團要幫助的對象嗎？」

「好哇！」阿椿聳聳肩。「反正社長說了算。那就從她開始，題目就定為『如何幫助小九閃開球』。如何？」

「就這麼辦！」小馨開心的說。

「好麻煩……」

小馨感激的看著阿椿，阿椿雖然嘴巴抱怨著，最後一定會比她還要投入，這是他們彼此間的默契。

小馨負責出餿主意，像小時候模仿西洋鬼節，到每戶人家去要點心、到府

服務的舊玩偶回收、幫同學整理筆記賺取零用錢……等，每個計畫最後能實現，都是因為有阿椿在，他們才能完成一個又一個，莫名其妙又短暫，卻好玩有趣的嘗試。

＊

活動開始後，小馨提議將「好運」的概念具體轉化成像「護身符」一樣的東西。

護身符當然是由阿椿從自家的廟求來，兩人再努力加工，縫上一些可愛的裝飾蕾絲或綁上蝴蝶結，變成有他們特色的「產品」。最後，兩人再一起將可愛版的「護身符」送給小九。

「為什麼要用護身符？」當聽到護身符的計畫時，阿椿不解的問。

「欸……反正我就是想用護身符啦！」

「妳那個破爛的護身符還帶在身上喔？」

阿椿指的是小馨隨身攜帶的手工護身符。那是他們倆在幼稚園時，一起做的美勞課作品，縫得歪歪斜斜的，不甚好看。

「我就是喜歡。怎樣？」小馨別過頭，看著新做好的護身符說：「我們去找小九吧！」

小馨跟小九說，每次經過球場時，稍微注意一下有沒有球飛過來，若看到了球，只要有戴著護身符，一定可以輕鬆閃過。

光是看到可愛的護身符，就讓小九開心得收下了，沒想到過了幾天，小九竟然興奮的跑到他們班跟小馨道謝，因為她生平第一次，順利閃過了一顆襲擊她的籃球。

聽到這個結果，相較於小馨自信滿滿的樣子，阿椿驚訝得嘴都合不起來。

「看吧！我就說會有用了！」

「沒想到女生這麼好騙……這肯定只是心理作用吧？」

「才不是好騙咧！大家只是需要一點點鼓勵，多一點勇氣，相信自己有能力處理來到身邊的狀況，就可以讓事情有轉機了！就像我受到你和叔叔的鼓勵一樣啊！」小馨誇張的辯解著。

「喔！那沒什麼啦……」聽到小馨的感謝，阿椿露出不好意思表情。

「那接下來咧！還要繼續嗎？」

「接下來……」

小馨想了想後說：「上次好像有聽阿觀學姐說，她最近遇到流浪狗都會被追。她覺得是因為自己這個月的運勢不好……」

「喔！可能是因為她太害怕了，動物本能覺得她不對勁，或者是她都剛好打擾了流浪狗吃飯，或者那些狗有小狗，想要保護幼犬吧！」阿椿客觀的分析著。

「流浪狗基本上很怕人，不太會主動攻擊人類。阿觀學姐被狗追一定有什麼理由，只要找到理由，問題自然迎刃而解。」

「那就這麼做吧！」小馨說：「我們下次陪學姐一起回家，觀察看看問題到底出在哪吧！」

「唉……這次不只是做手工，還要當保鑣啊……」看著小馨雀躍的模樣，阿椿也只好無奈的嘆氣，卻依舊配合到底。

他們陪著阿觀學姐回家時，果然發現她因為覺得自己運氣不好，擔心自己

會出車禍，所以走路都特別挑人煙稀少的路走，卻反而誤入了流浪狗地盤。

小馨又拿出護身符那招，這次的護身符縫著可愛的圓點拼布，邊線還點綴著蕾絲。他們跟學姐說，只要把護身符帶在身上，就算走平常的路上學也會很安全。

學姐試了之後，不久也開心的表示自己再也沒有被狗追了。接連兩件事的成功，讓小馨和阿椿的好運研究社名聲傳了開來，學校裡的人都認為只要有事找他們商量，求個護身符就能保證順利平安。

他們陸續又解決了容易滑倒的走廊事件和老是被抓去出公差事件，甚至還有便當偷吃事件。小馨這才發現，原來大家都有五花八門的煩惱，只是大部分都不喜歡說出來。可能是因為面子問題，可能是礙於人情壓力，不是只有自己喜歡當獨行俠，許多人都會要求保密，不想被人發現自己不擅長的事呢！

而這個活動，還讓他們獲得了許多意外的禮物。

「這顆石頭是怎樣？」阿椿指著桌上拳頭大小的沉重石頭說。

「是阿觀學姐給的……」小馨也困惱的看著。

「她說很感謝我們。她本來每天隨身攜帶這顆石頭保平安，現在換成護身符之後，就不需要石頭了。所以她把石頭送給我們……說有安定心神的功用之類的……」

「這樣啊！那我拿回去問問我爸，看他要不要好了。」

＊

原本順利的社團活動，某天卻傳進了導師耳裡。

午休時分，在其他同學都在教室昏睡補眠時，小馨和阿椿兩人被叫進了學生輔導室，失去午休時間的他們，唯一的好處依舊是吹冷氣的特權。

中年發福的導師一臉嚴肅坐在兩人對面的沙發上，面無表情的問著：「我聽說你們創了一個專賣手工護身符的社團？」

「賣？才沒有咧！我們沒有向大家收錢啊！」小馨和阿椿兩人交換了一個困惑的眼神後，大聲反駁著。

「所以你們創了一個地下社團，沒有跟學校登記？」

面對導師責備的語氣，小馨結結巴巴的回答：「我……我們只是想幫助大

家……沒有老師想的那麼複雜……只是讓大家運氣變好而已……而且我們真的沒有收錢……」

「對啊！雖然說是社團，可是成員只有我和小馨兩個人，活動也只是聽聽大家的煩惱，一起想辦法解決而已。」阿椿趕緊幫腔解釋。

「原來如此。」導師了解的點點頭。

「很像你們兩個會做的事……不過有些家長反應小孩帶著來歷不明的護身符，希望校方能多注意一下。我覺得幫助別人的想法很好，不過護身符還是別送了，社團也解散吧！如果要幫助別人，就用個人的名義就好了，還有什麼問題嗎？」

導師都如此慎重「交代」了，阿椿和小馨當然連忙說好。

「啊！還有一件事……」導師突然叫住已經開門準備要離開的兩人。

「那個手工護身符也給我一個吧！」老師面無表情的說：「聽說做得很可愛，我女兒也想要一個。」

小馨和阿椿兩人無奈的點頭，沒想到除了社團的事被唸了一番，還要贈送

一個護身符，他們垂頭喪氣的離開了辦公室。

「沒想到老師也想要……」

「這就是以訛傳訛的力量吧！就像上次我爸說的……不知道是不是真有其事，反正先相信了再說……」

「不過也沒差啦！反正本來就是做了要送人的。」小馨樂觀的安慰著社團的前副社長。

「是這樣說沒有錯……可是不是自己送出去的，而是被強迫的感覺還是很糟……」阿椿沮喪的說。

兩人沉默無語的並肩走在走廊上，卻遇上了雙手抱著文件，看來也在出公差的姿儀。

「小馨，妳又闖了什麼禍？」姿儀像雙腳生根一樣，堅定的擋住了兩人的去路，毫不客氣的質問著名義上的妹妹。

「沒……沒有哇……」

小馨一面對姿儀，講起話來就變得畏畏縮縮，一反平時開朗的模樣，尤其

若阿椿在旁邊，情況就更糟。

「闖禍是什麼意思？」

阿椿兇狠的往前站了一步，居高臨下的俯視著姿儀，語氣挑釁的反問：「午休時間在走廊上走動就一定是闖禍了嗎？那妳肯定也闖了不少禍，是不是正要去寫悔過書啊？」

「我又不是你們。反正有小馨在的地方，一定會發生壞事，她當然會闖禍。」姿儀也不甘示弱的回瞪著她平時最看不慣的廟公之子。

「妳說什麼……」

就在阿椿發飆前，下課鐘聲及時響起，讓小馨鬆了一口氣，因為她光是擋住阿椿就費盡了力氣，何況姿儀還在一旁火上加油。

「打……打鐘了！我……我們先回教室了！」

小馨使出全身的力氣，硬是將阿椿拉離現場，留下一臉不悅的瞪視著他們的姿儀。

「放手啦！」

還沒離開姿儀的視線，阿椿就已經生氣的掙脫了小馨。

「妳真的以為我會動手打她啊？」

「你看起來很像啊……」小馨擔心的說。

「我才不會這麼笨。要打也要在校外沒有人的地方……」阿椿不屑的說：「妳姐這麼陰險，我怎麼可能給她機會整我？」

「你不要這樣說她啦……姿儀只是看起來比較冷漠而已，她其實是個很好的人……」

「妳說這話是出自真心的嗎？」阿椿尖銳的反問。

面對阿椿一臉認真的提問，小馨猶豫了片刻，最後沉默了下來。

「小馨！」

「阿椿！」

「你們沒事吧！」

還沒走到教室，以班長為首的一群同學突然一擁而上，將小馨和阿椿團團圍住。

「聽說你們因為護身符的事被叫到輔導室……」班長說：「大家都很擔心你們……」

「對啊！老師太古板了……護身符什麼的也只是好玩嘛！」

「哪有那麼嚴重？我還聽說要記你們過咧！」

「我聽說是要退學！」

聽到大家你一言我一語的，說的全是子虛烏有的事，小馨不禁露出虛脫的笑容。

果然，以訛傳訛的影響很大……而聽到大家雖然是在幫自己說話，但說護身符只是好玩，也讓小馨的心情不由得跟著複雜起來。

「所以……大家其實不相信護身符啊？」小馨垂頭喪氣的說。

大家露出尷尬的表情，你看我，我看你，最後由班長代表發言。

「嗯……應該說……就算沒有護身符，有人能幫忙一起面對煩惱，即使只是聽我們說說話，我覺得心情就會變得比較輕鬆了。所以，就算沒有護身符，還是希望你們繼續社團活動啊！」班長說。

「謝謝大家！」聽到自己的努力獲得了肯定，小馨放下了心中的大石，開心的道謝著。

「不過……很可惜的是，社團活動已經被迫中止啦！」也不管大家正在感動的當下，阿椿硬是潑了一盆冷水。

「欸？那我們以後有困難不就又沒人幫忙了嗎？」

「嗯！也沒辦法，到時候就只能靠自己啦！反正也只是和以前一樣嘛！」

看到大夥失望的表情，阿椿才又補上一句：「不過我們個人協助別人，倒是沒有被禁止啦！」

「喔！真是的，阿椿你早說嘛！」

「我是要鞭策你們，求人不如求己，而且不拜託我們，你們也可以互相拜託啊！」

「這倒是……」班長同意的說：「不過如果不拜託你們，就拿不到可愛的手工護身符啊！」

「我也超喜歡那個護身符的！」

「我也是！」

「小馨，可以再做一個給我嗎？」

「我也想要！」

「喂喂！想要護身符的人，請先向我登記，我們將考慮酌收手工費！」

阿椿眼見護身符正夯，絕對不想增加工作量的他連忙摀住打算一口答應的小馨的嘴。此舉引起眾怒，大家七手八腳的想幫小馨搶回發言權。

在這一團笑鬧之中，還在遠方轉角處的姿儀，臉色陰沉的看著被人群包圍的小馨，心裡有了新的想法。

06
廁所裡的詛咒

「欸欸！妳聽說沒有，最近那個廁所的詛咒……」洗手台前，留著不對稱劉海的A女壓低了音量，用充滿恐懼的語氣說，眼角餘光還不時瞄向有傳言的廁所。

「有有，和三班的小馨有關的那個……對吧！」正在塗護唇膏的B女趕緊附和著。

「對呀！聽說因為她天生帶衰，如果在廁所這種負面能量特多的地方遇到她，一整天就會變得很衰，甚至還有可能會發生血光之災耶！」

「好討厭！我們班和三班很近……」戴著粉紅色髮帶的C女哭喪著臉說。

「聽說她之前還販賣了奇怪的開運商品，很多學生都被她推銷過呢！」

「好討厭的感覺喔！」C女說：「還好沒有跟她同班……」

「而且啊！因為她是養女……」A女繼續八卦著。

「欸！她是養女喔？」B女收起護唇膏，拿出夾毛夾，仔細對著鏡子修整臉上的細毛。

「對啊！妳現在才知道啊！」A女丟給B女一個超級大白眼，嫌棄她的遲

鈍。「聽說她會被領養，是因為她有斷掌的關係。兩隻手都有耶！超恐怖的！有斷掌的人天生會剋父剋母，如果結婚的話，就會剋夫剋子呢！所以才會被親生父母拋棄，改讓遠房表親收養！」A女又誇張的翻了個白眼，加強她話中的厭惡感。

「難怪她和她姐完全不像。莊姿儀好可憐喔！明明這麼優秀，卻要和一個掃把星住在一起。」

「好了好了，其實這也不干我們的事啦！」A女好像突然想起了口德這個古老的名詞，用充滿氣魄的語氣提醒跟班們：「反正遇到那個掃把星，記得閃遠一點就好了。」

「還好現在知道了，不然我怎麼死的都不知道！」C女心有餘悸的說，彷彿如果不知道這件事，她一定會被剋到。

就在三女結束了閒聊，打算回教室時，說人人到，小馨就在這時出現在三女身後。而她偏偏記性好又博愛，即使是只見過一兩次的同學，也能熱情打招呼，於是乎就發生了以下的狀況。

「哈囉！妳們是五班的吧！妳們班好厲害喔！是上次接力賽第二名耶！」小馨舉起手友善的對三個女生揮了又揮。

「哇！」三個女生卻發出異常驚恐的尖叫聲，光速般逃離廁所，留下一臉錯愕的小馨，和停在半空中空晃的手。

「咦？她們在趕什麼？還有五分鐘才上課啊？」

小馨莫名其妙的瞪著空無一人的洗手台納悶的想著。當她沿著走廊回到班上時，卻發覺經過身邊的同學都用莫名的眼光看著自己。

尤其是平常沒有交集的，更是肆無忌憚的打量著她，而平時有些交情的則欲言又止，但她一靠上前，卻又紛紛閃避，一點也不沒有平時大家熱情的互相打招呼的景象。

「奇怪！」小馨回到班上後，忍不住在心中疑惑起來。「是我多心了嗎？怎麼這幾天一直都有被人打量的感覺？我身上有什麼嗎？」

小馨從頭到腳檢查了自己一遍。

制服，穿了，而且沒有穿反，在她短短十數年的人生中，她不只一次忘記

換衣服，穿著睡衣就到學校上課了。

裙子，穿了，而且腰帶上沒有紮著內褲，這是所有脫線事件中最悲劇的一件，竟然還不只發生過一次。她還記得小學時，第一次發生這種窘狀，腰帶上紮的是條紋內褲，之後就逐漸習以為常。差不多全校都知道，她的內褲除了條紋以外，大部分是素色和小花圓點圖案。

內衣，穿了，她曾忘了穿內衣就出門過，結果那一整天都不敢抬頭挺胸，還好這個狀況只發生過幾次。

鞋子、襪子，穿了，而且是成對的。不用說，漫不經心的她經常穿不成對的鞋襪出門，直到走路摔倒，她才發現自己一腳穿拖鞋，一腳穿布鞋。

從頭到腳檢視了一遍，確認衣著沒問題後，她又聞了聞自己的身體，昨天也有洗澡啊！她曾經因為趕著做海報參賽而忘記洗澡，這樣過了三天之後，身上累積的汗臭味終於被同學聞到，她才記起每天要洗澡這件事。

頭髮是她最不擔心的，俐落的短髮剪得比一般男生還要短，清爽的露出了額頭和脖子，完全不用花功夫整理，只是頭髮上偶爾會黏上飯粒、麵包屑等食

物殘渣，她還因此在公園被松鼠襲擊過。

那到底還有什麼呢？想來想去，就只剩下自己看不到的背部了。百思不得其解的小馨抓住經過身邊的班長問道：「喂！我背上有什麼嗎？」

「什麼？妳的背怎麼了？」突然被抓住的班長，困惑的問。

「就是我的背上有沒有什麼不該有的東西啊？」小馨緊張的問：「比如說文具、食物啦！或者是破洞啦之類的。反正有沒有奇怪的東西在我背上啦？」

「妳的背上有哆啦A夢的口袋嗎？」聽到小馨的描述，班長忍不住出言調侃，但還是仔細的幫小馨檢查了一遍。

「沒有，妳的背就和一般人的背一樣，很乾淨。」

「是……是嗎？」聽到班長的話，小馨總算是安心了許多，但馬上又恢復了原本緊張的模樣。

「那……為什麼我經過的時候……大家都盯著我看？」

聽到小馨的擔憂，班長一改安撫的表情，換上了一種微妙、欲言又止的表情，並且避開了小馨的目光。

「那個啊……那應該和妳的打扮沒有關係……」

「你知道為什麼嗎？」小馨緊抓著班長的肩膀，決定要從消息靈通的班長口中獲得答案。

「欸……」班長為難得左顧右盼，希望有人能來解救他，偏偏每個人都忙著做自己的事，而有力的救星，阿椿，則不在教室。

「我……我也沒有很確定啦……」

「可是你知道吧！那就跟我說啊！」小馨不自覺得大聲了起來，急切的想從班長那了解情況，大家一定有什麼瞞著她。

終於，注意到班長與小馨的「爭執」，班上同學紛紛圍了上來。

「怎麼了？」

「你們在吵架？」

「怎麼了？小馨惹班長生氣了？」

「我才沒有，我只是想知道，為什麼大家都用奇怪的眼光看著我？」

小馨趕緊為自己辯白，結果話一說出口，不只班長，連其他同學都紛紛轉

移了目光，開始顧左右而言他起來。

「欸！等一下要國文小考？」

「有沒有人可以借我數學講義……」

「昨天的續集你看了沒？」

看到大家的態度，只有自己被蒙在鼓裡的小馨不禁焦慮的大叫起來：「到底怎麼了嘛？為什麼大家都一副奇怪的樣子！這種感覺很恐怖耶！」

終於感受到小馨的不安，班長和同學們這才安靜了下來，他們彼此交換著眼神，最後終於由班長代為發言。

「沒事啦！真的沒事……」班長和其他同學紛紛對小馨投以關愛的眼光，看得她冷汗直冒。

「其實……我們都聽說了……」

「聽說了什麼？」被眾人包圍的小馨，莫名覺得自己好像癌症病人，讓她有種渾身不自在的感覺。

「妳的身世啊！」

「咦？」

聽自己的身世，小馨的心不自覺的漏跳了一拍，她緊張的問：「你們聽說了什麼啊？」

「就是你的斷掌嘛！」班長不顧小馨鐵青的表情，自顧自的繼續說：「雖然聽起來很像連續劇，不過想想也有道理。難怪上次妳說每過一段時間，自己身邊的人就會變得很不幸，原來是這樣啊！」

「班……班長！」小馨趕緊伸手摀住班長的嘴，試圖封口，她充滿不安的環視周圍，卻沒有看到她想像中的恐懼和鄙視，她雖然了解命運掌握在自己手中的道理，但還沒有面對輿論的勇氣啊！

「拜託……我們都同班快兩年了耶！」班長拉下小馨的手，繼續說：「有些人還是從小學就認識的朋友。」這麼說的班長，就是其中一個。「哪會因為妳而遭殃，有事早就發生了，我們一直都很平安啊！」

「對啊！小馨！」此時，同學們不再顧左右而言他，也接二連三的說出了真心話。「這只是迷信而已，妳不要在意，我們都認識這麼久了。」

「而且大家都受過妳的幫助，那個手工護身符，我還吊在書桌前呢！」

「我也是！而且大家都是好朋友，怎麼可能因為那種謠言就討厭妳啊！」

「大家……」聽到同學們溫暖的支持與鼓勵，小馨原本不安的心情一掃而空，取而代之的是放鬆與感動。

「我還以為……以為……」

「以為我們會因此排擠妳嗎？」

被說中了心聲，小馨只好默默點頭。

「哈哈！如果真的有人出事了，那可能會喔！」班長實際的說：「不過就算有人出事，也不能說就是妳的錯吧！除非接二連三的發生！但這種事情怎麼可能嘛！哈哈哈哈！」

「對啊！那只是迷信而已。妳就是人太好了，才會覺得都是自己的錯！」

「我們都知道那只是迷信而已，妳不要想太多！」

同學們你一言我一語的，像春天的微風化解了小馨的不安，她感激的說：

「謝謝大家……」

「話說回來，廁所詛咒的謠言是怎麼一回事？」

不知已經在旁邊聽了多久，回到教室的阿椿突兀而完美的打斷了友誼感動的時刻，不識相的追問著：「你們知道是從哪邊傳出來的嗎？」

被阿椿一問，大家這才收起感性的情緒，開始絞盡腦汁奮力回想傳言的源頭。

「對耶！也不知道怎麼會有這種傳言……」

「我是聽二班的阿寶說的。」

「我是聽我妹說的，說我們班的小馨會召靈……」

「我是從三年級的學姐那邊聽來的，說接近小馨的人三天後會死掉！」

大家你一言我一語的討論著，每個人幾乎都是從不同的地方聽說的，而且越來越誇張。小馨聽得頭昏眼花，沒多久就跟不上大家的討論，只能焦慮的空等。最後，果然還是由班長出面，綜合了大家的資訊做出結論。

「唉！傳言這種東西要找源頭是不太可能的。」

班長依慣例推了推眼鏡說：「可以確定的是，流傳的範圍很廣，不僅二年

級，連一年級和三年級都有人知道。而且內容大同小異，共通點都是接近小馨就會發生壞事。」

小馨與眾人認同的點點頭。班長繼續追問：「小馨，之前的社團活動裡，有遇到沒辦法解決的問題過嗎？」

「有啊！還滿多的，只是大家都說沒關係……也就不了了之了……」回想起沒幫上的忙，小馨自責的說。

「謠言可能來自因為問題沒解決，所以遷怒妳的人，也或許是因為妳受歡迎而被冷落的人做的。總之就是散播謠言讓大家疏遠妳，達到報復的目的。」

「是這樣嗎？」阿椿質疑的反問。

「除非找到散播謠言的人，否則我們也不知道事實是什麼。反正你們社團已經停止活動了，不是嗎？」

班長實事求是的說：「現在就先忍耐吧！只要時間久了，謠言就會被淡忘了，而且，我們都站在妳這邊。」

「對啊！小馨，我們支持你！」

「我們都站在妳這邊！」

「有困難要跟我們說喔！我們都會幫妳！」

大家你一言我一語的安慰著小馨，讓她不禁感動得哽咽起來，覺得自己之前的不安好像只是場噩夢，而現在夢終於醒了，回到了溫暖的現實之中。

「謝謝大家……」

這麼充滿人情味又溫馨的聚會，一直到導師表情沉重的走進教室，宣布了壞消息為止。

「小馨，妳姐姐昏倒了，現在在保健室休息。」導師帶回來的消息，輕鬆打破了剛剛才成立的「支持小馨陣線」。

「咦？」

「好像是聽說了妳爸在工廠出事……現在人在醫院動手術。妳先收拾東西到保健室，等妳姐醒了就一起去醫院吧！」

「爸爸……動手術……什麼意思？」小馨一時反應不過來，呆呆的重複著老師的話。

在聽到導師宣佈的惡耗之後，班長放在小馨肩上的手，突然默默的收了回去；其他同學也頗有默契的後退一步，讓出了一條路，同時和小馨保持起距離來。

「大家……怎麼了？」

「喂！快走了啦！」阿椿已經迅速的幫小馨收好書包，在教室門口催促著小馨。

對於大家的反應，小馨不敢多想，她趕緊快步跑向阿椿。

「欸……小馨……保重……希望妳爸和妳姐沒事……」班長連看都不敢看她，撇過頭輕聲的說道。

07
失控的機器

小馨和姿儀趕到醫院時，已經是傍晚時分，而她們一直在手術室外待到晚上，才終於等到莊爸從手術室中出來。這期間，姿儀看也不看小馨一眼，除了完全無視她，甚至小馨喊她也不回應。面對姐姐的沉默，小馨只好摸著鼻子，焦慮的在角落等候。

「媽……怎麼會發生這種事……」趁等待的時刻，姿儀向莊媽問明情況。

「我們也不知道……」莊媽紅著眼眶，疲倦的說，她已經在手術室外等候了半天。

「我當時在辦公室，爸爸跟平常一樣，跟師傅們一起在裁切木頭……然後我突然聽到很大的撞擊聲……然後師傅們大聲呼救著……我一開始不知道他們在喊什麼……」莊媽回想起來，又不禁哽咽的說：「我趕緊衝到工廠，就看到爸爸躺在地上，流了好多血……切木頭的桌機也倒在旁邊……你爸的手……被切斷了……」莊媽語無倫次、斷斷續續的說著。

「怎麼會……」小馨驚恐的說：「機器明明就固定在地上，而且爸爸平常最注意安全了……怎麼可能會翻倒……還壓斷爸爸的手……」

小馨經常幫加班的爸爸送便當，偶爾還會到木工廠當小幫手。自家的木工廠對她來說就像後院一樣的熟悉，她怎麼也無法相信，當了多年木工師傅的爸爸會發生這種意外。

「我們也很意外……還好師傅們緊急處理做得好，救護車也來得早……聽醫生說，手臂成功縫合的機率有六成……不然……爸爸他就會……」一想到可能的後果，莊媽又哭得說不出話來，小馨和姿儀也跟著啜泣起來。

「媽……還要等多久？」

「我也不知道……」

「手術中」的警示燈持續發亮著，除了等待，她們無事可做。

「一定是小馨害的！」姿儀突然激動的指著小馨說。

「咦……為什麼？我……」小馨不解的搖著頭。「我怎麼會？」

「姿儀……妳在說什麼啊？」莊媽也困惑的看著大女兒。「這怎麼會是小馨害的？這只是意外啊！」

「就算是意外，也是小馨帶來的。一定是因為她是掃把星的關係，不然平

常都固定得好好的機器怎麼會突然倒下來。」姿儀憤怒的指控著：「都是小馨的錯！我早就說過，要你們把小馨趕出去！而且，這種來歷不明的小孩……」

「姿儀！」莊媽突然大聲遏阻了姿儀的口不擇言。

「妳冷靜一點，這和妳妹妹沒有關係……」

「我才沒有妹妹！」姿儀冷酷的反駁。

小馨不知所措的看著發怒的姿儀，卻又不敢為自己辯護。因為如果真的是她的關係，那她該怎麼辦？沒有辦法證明的確就是，但也沒有辦法證明不是。這怎麼會是她能掌握的命運？這不只是她的命運，這攸關著她最重要的家人的命運啊！

就在母女三人爭執不下時，手術進行中的燈號終於暗了下來，她們這才停止了爭吵。不一會兒，上了麻藥的莊爸爸躺在病床上，被護士了推出來，一番折騰後，莊家四口總算是在病房內安頓了下來。

確定莊爸手術成功後，小馨和家人的心才稍微平靜了點。小馨和姿儀回家幫爸媽拿換洗衣物，莊爸莊媽都得要住一段時間的醫院，直到莊爸的狀況穩定為止。

姐妹倆一前一後走在回家的路上，小馨試圖想尋求姐姐的諒解，也希望能夠互相支持，但呼喊了幾聲，姿儀都沒有理會小馨，完全漠視她，小馨只好放棄。終於回到家後，姿儀全然不顧小馨，自顧自的收拾起東西和必須用品。她將小馨打包的東西置之不理，全部重新自行拿過一遍，小馨難過的看著姿儀跑上跑下，卻不願讓她幫忙。

當姿儀總算收拾好東西後，出門前，她將一直默默跟在她身後的小馨用力一推，小馨就像破娃娃一樣摔倒在地。

「妳不用來，那是我爸，不是妳爸！」

「姐……可是我……」

「不要叫我！掃把星，被妳一叫我也會倒楣。妳害爸爸出事還不夠嗎？是要看我們全家死光妳才高興嗎？妳快點消失就好了。」姿儀冷酷的說完，自顧自的甩上門，離開了。

小馨一個人呆呆的坐在冰冷的地板上，屋內安靜得好像從來沒有人住過一

樣。明明是夏天，小馨卻覺得有點冷，她默默的站起來，回到自己的房間，穿過雜亂的地板，連踢倒了檯燈也渾然不覺，她衣服也沒換就躺上了床。

小馨試圖睡覺，卻整夜無眠，她豎直了耳朵，想聽姿儀回家開門的聲音。她滿腦子充滿了自責與愧疚，雖然知道自己只是在鑽牛角尖，可是姿儀的責備還是像把刀銳利的切進了她心裡，就像劃破她手掌的紋路一樣深刻。她不停的想著，要怎麼做，才能掌握「命運」？

終於，姿儀回來了。就如同她對待小馨的態度一樣，小馨聽到她像陣旋風般飛奔回房，關門的巨響顯示她根本不在乎會吵到「任何人」。

*

隔天，這對名義上的姐妹依舊維持著日常的生活。她們能幹的各自做了簡易的早餐，草草解決後，姿儀維持著無視小馨的態度，早早出門上學去了；小馨則因為整晚無眠，無精打采的收拾好餐桌後，才踏著沉重的腳步離家。

她原本以為自己已經遲到了，阿椿不可能會在巷口等她，沒想到，遠遠的就看到她忠實的好友佇立在巷口的身影。

「叔叔還好吧？」

「嗯！沒事了，手術成功，媽媽在醫院陪著他。」

看到小馨紅腫的雙眼，阿椿識相的閉著嘴巴，倆人沉默的一起走進校園，當然，也一起遲到了。

當小馨失魂落魄的踏進教室時，原本吵雜的教室瞬間安靜了下來，教室裡的眼光通通聚集到了小馨身上，讓小馨感到渾身不自在。

在這尷尬的空氣中，班長盡責的代表全班發言了。

「欸！小馨，妳爸還好嗎？」

小馨一聽到爸爸的事，就忍不住低下頭來，努力勉強自己才不致於讓自己在大家面前痛哭失聲。

「他……手被機器切斷……但手術成功……已經接回去了……現在在醫院休養……」

包括班長在內的同學們，一聽到這駭人的消息，紛紛倒抽了一口氣，彷彿感染到小馨的失落，班上的氣氛也低迷到了極點。

他們看到小馨雙眼浮腫、充滿血絲、臉色蒼白、嘴角還沾著果醬，而上衣扣錯位置、鞋襪不成對，衣著比起平常都還要邋遢的可憐模樣，同學們默默包圍著她，紛紛用眼神或手勢鼓勵她。雖然大家昨天都被那驚人的消息嚇到，一時之間從她身邊逃開了，但今天再看到小馨，依舊是那個平時開朗、熱心助人的好朋友，所以大家還是決定陪在她身邊。

「看來妳平常做人很成功呢！」阿椿難得不潑冷水，微笑的對小馨說。

「嗯……謝謝……謝謝大家……」突然被這麼多人包圍，反而讓小馨感到手足無措，她語無倫次的向大家說明狀況。

「所以……所以說……只要好好休息就沒事了……」

「那妳姐和妳媽還好嗎？」

「啊……」

聽到大家問起姿儀，小馨又陷入沉默，昨晚，姿儀大罵她是掃把星的話又迴響在腦中。小馨斷斷續續的解釋著，說姿儀很好之類的話語，但她其實也不知道自己在說些什麼，還好阿椿的聲音解救了她。

「喂！」阿椿長手一伸，將小馨從人群中拎了出來。

「你們想悶死人啊！」

「喔喔！」班長這才回過神來，連忙說：「小馨，如果有什麼可以幫上忙的，妳儘管說。只要是我們做得到的，一定幫妳！」

其他同學也熱情的附和著，讓小馨覺得自己的心裡又溫暖了起來。雖然姿儀說她是掃把星，還把她當空氣，既不跟她說話又動手推她，但只要媽媽和同學都相信她，她就覺得自己是個好人，不是姿儀口中的那個掃把星，只會為她人帶來衰運。小馨決定不要像昨晚那樣躺在床上鑽牛角尖，她試著露出笑容，感激的向大家點頭。

但她沒想到，被支持的情況沒有比被當成掃把星來得簡單。

整天的課程裡，除了阿椿，所有人都把小馨當作易碎的陶瓷娃娃對待。有人幫她打掃；有人買吃的請她；還有人為她寫作業；上課老師不敢點名她；甚至有人想餵她吃飯。

每節課都有幾位女同學過來拉著她的手，摸摸她的頭，還有教會的同學為

她禱告，陪她上廁所。不管走到哪，她的同班同學一定有幾個人跟著她，她莫名其妙的被保護著，雖然心懷感激，但她又覺得有哪裡不對勁，好像她沒了陪伴就無法成事。她寧願大家都像阿椿一樣，像平常一樣打打鬧鬧的，她反而不會覺得自己很脆弱，很需要保護似的。就在自修課時，同學們又搶著要幫她寫作業，她暈頭轉向的努力將作業搶了回來。

「不用啦！我自己寫就行了！」

「別客氣啦！妳多休息！」

「可是……今天已經休息很多了……」小馨第一百遍無奈的表示著。

「我們想幫妳啊！」同學好心的說：「妳晚上還要去醫院吧！那現在多睡一點，晚上才有精神啊！」

「我……我可以……」

「沒關係啦！」同學硬是搶過小馨的作業本後，對著在旁邊也想表示關懷的其他同學露出勝利的微笑。

「啊！好奸詐！小馨，那我也要幫妳寫學習單！」

「我……我可以自己來……」

「不用啦！妳休息就好！」

又一項工作被奪走，意見完全不被重視的小馨，成了遊手好閒的人。她試圖幫忙，但只要有人看到她在做事，就會主動過來將她的工作接手掉。

「阿椿……」小馨癱軟的走到好友身邊說：「怎麼會這樣？」

「欸！可能變成一種潮流了。妳別介意，明天就會回到原樣了。」

「如果是那樣，那就太好了……」

無事可做，只能休息的小馨，眼尖的瞥見姿儀站在教室外面，彷彿在那看了很久。小馨困惑的看著姿儀，但看到姿儀伸手招呼她過去時，小馨的心裡高興得像飛上天一樣，如果現在有任何她可以幫姿儀做的事，那麼她一定赴湯蹈火、萬死不辭。她連忙趕到姐姐面前，她心想，一定是因為現在是家裡的非常時期，家人們得要團結才可以度過難關，所以姿儀就改變主意，要和她和好相處了吧！

「姐，怎麼了？」

就在小馨驚喜的以為姿儀終於肯跟自己說話時，她期待的看著後者，姿儀卻依舊沉默不語，彷彿在思考些什麼。

「姐？姿儀？」

聽到小馨的呼喊，姿儀突然張大雙眼瞪著小馨，她大叫一聲，失足跌向教室的窗戶，她的手撞破窗戶玻璃，破碎的玻璃猛烈劃破她的手腕動脈，大量的鮮血從她纖細的肢體裡迸射出來。這一幕發生得突然又迅速，班上的人有些目瞪口呆的看著小馨，有些驚恐的瞪著姿儀，有人尖叫，有人包圍住她們兩人。阿椿迅速拿了外套壓住姿儀的傷口，這才驚醒其他人紛紛加入急救。

小馨驚駭的看著滿身是血的姿儀，她的腦袋一片空白，背脊發涼，與姿儀那滿臉扭曲的痛苦形成強烈對比。

「好痛……」姿儀用微弱但清晰的聲音說：「我想找小馨說話，可是……窗戶突然破了……」

聽到姿儀的說明，全班再次用驚恐的眼神看向小馨，而小馨則呆呆的看著姿儀，直到她被送上救護車為止。

08
剋星女孩

「欸……之前不是有傳說，接近三班的莊曜馨就會發生意外，聽說真的會發生喔！」

「有有，我也聽說了，真的有人發生意外了！」

「對啊！嚇死人了，遭殃的就是她爸和她姐，超恐怖的，他們到現在都還在醫院呢！聽說三班的走廊還有一灘血跡，花了一整個下午才洗掉呢！」

「我有朋友在三班，她說，本來他們班都不相信那些謠言，還幫莊曜馨打氣，幫她做了很多事。結果現在啊！連三班的人都不敢接近她了！」

「可是，只要不是親人不就沒關係了？」

「誰知道呢？妳也知道吧！她是養女耶！聽說只要和她太親近，連親朋好友都會遭殃喔！妳看，她爸爸和姐姐都出意外了。大家都在猜，說不定她媽會是下一個，不然就是常跟她在一起的那個男生！」

「欸！好恐怖喔！又不是都市怪談，這也太超現實了吧？」

「反正寧可信其有，不可信其無，別接近她就是了！」

「那……如果她都不出現不就皆大歡喜了……」

「欸……妳好壞喔！」

「我是為大家好耶！」

「走啦！快上課了！」

兩個女生又笑又鬧的離開了廁所。

過了一會兒，確定廁所外面都沒人之後，小馨才抬起痠麻的腳，準備離開工具間。她伸手推了推門，但門卻紋風不動，小馨想起那兩個女生離開前，曾發出「咚」的一聲，原來，那是自己被反鎖在工具間的聲音。

她緊張的用身體撞門，想看看能不能把鎖撞掉，門沒開，自己的肩膀倒是痛死了。她放棄使用蠻力，試著喊了幾聲，希望外面有人聽到了，會來幫她開門，但為了避開人群，她特意選了專科教室大樓的廁所，這邊通常只有上下課前才會有人經過，即使一時半刻沒人接近也不意外。她沮喪的放棄掙扎，改以手指關節有節奏的敲著門，希望有人聽到後，會來幫她開門。

自從姿儀也受傷送醫，左手臂縫了十幾針後，學校逐漸出現了小馨是剋星的傳言。雖然之前也有，但這次的規模更大，連她都聽過不下幾十遍。剛剛的

對話她還聽過其他版本，有的還加上姿儀渾身是血的畫面，描述得活靈活現，剛剛的算是綜合所有版本的完整版吧！其他更離譜的版本還有她是災星下凡、前世怨靈投抬來討債，甚至根本不是人，其實是動物化身的版本也有。

「唉……」小馨默默嘆了一口氣。

因為家人接二連三的發生意外，甚至有人謠傳姿儀的傷是小馨造成的，現在已經沒有人敢接近她了。原本接納她的同班同學，也因為姿儀就在大家面前受傷的畫面太過震撼，而逐漸疏遠了她。不管她走到哪，都有人帶著驚恐和厭惡的眼光瞪著她，更沒有人敢跟她說話。不久前，自己還是走到哪都被包圍的「少根筋學妹」、「好心的學姐」、「隔壁班的阿馨」，沒想到現在卻成了蟑螂般的存在，大家避之唯恐不及。但其實，受到這樣的排擠，小馨心裡卻反而有點安心，因為若她真的是災星，起碼這樣，就不會再有人因她而受傷了……

在狹小的工具間中，無事可做的小馨伸手握拳，想再次感覺自己能掌握自己的命運。她回想起這幾天被捧上天又摔下地的體驗，最後無助的放下手，不知除了消極的接受現狀，自己還能做些什麼？

這幾天，除了被排擠，她唯一做的，就是主動躲著阿椿，因為擔心他也被列為排擠對像，或者更糟，被她的掃把掃到。想到這裡，她突然很想念好友。

小馨百般無奈的輕敲著門板，發愣的聽著自己製造的呆板噪音。

「喂！」

門外突然傳來熟悉的招呼聲以及開鎖聲，小馨慌張的想拉住門把，繼續把自己隔離在與世無爭的工具間內，但門終究還是被打開了。刺眼的光線突然射入，小馨瞇著眼睛打量門外的人影，來的人果然是阿椿。

小馨重獲自由後，連忙推開阿椿，一溜煙的想閃躲回教室，卻還是被阿椿像抓小雞般拎了起來。

「妳還要躲啊？這樣我很受傷耶！」

「阿……阿椿……你……你……怎麼在女廁！」小馨慌亂的指控著，並假裝忙碌的推託說：「我很忙……要快點回教室才行！」

「妳最好很忙啦！」阿椿一針見血的戳破小馨的藉口。「現在根本沒有人敢接近妳，更何況是找你幫忙，連老師都受到謠言影響，不分派工作給妳了，

妳會很忙才怪！」

「欸……不是啦……那個喔……」小馨絞盡腦汁，想趕快找個理由開溜，只要能避開阿椿，什麼理由都行……但她卻偏偏連個像樣的理由都找不到。因為就如阿椿所說，老師也不敢貿然接近她，就算曠課都只是默默登記下來，連找她去「輔導」都免了。

「妳之前上課沒到，也是因為被鎖在廁所嗎？」阿椿不理會她的窘狀，滿臉不悅的問。

「欸……那那……那是我自己不小心啦……」小馨連忙說。

「哪有人可以不小心把自己反鎖？妳知道是誰做的嗎？」阿椿憤怒的說，又是一副打算去找人算帳的樣子。

「欸……我不知道……唉……你不要管啦！之前不就說過了，我本來就一直懷疑自己是掃把星了。雖然叔叔說的話真的很有效……我也試圖努力了……可是你看……果然，掌握命運什麼的……哈哈……我能掌握的，就是不要害到別人……呵……」小馨乾笑了幾聲，臉色陰沉的說：「你最好不要接近我，不然會被害到喔！」

「妳該不會以為我真的會相信那些話吧！」看到小馨自暴自棄的模樣，阿椿皺著眉，反感的問。

「可是……那是真的啊……」小馨撇過頭，不敢看阿椿失望的表情。

「反正……拜託你走開啦！不要在學校裡接近我了，這是為了你好，我也落得清閒！」說完最後一句話，她用力將阿椿推開，全速跑回教室。

回到教室後，一看到小馨，同學們自動讓出了一條路給她。

小馨默默經過，配合的扮演被孤立的人，不再試圖主動打招呼。班上的人並不像在廁所遇到的那些人，偶爾會以欺負她為樂。她比較像一團空氣，而且是在沉默深海中的空氣，水會自動避開她，她很安全，也很孤單。

真要說有什麼刺激的話，反而是努力避開阿椿和他的怒氣，那怒氣不僅針對她，也針對孤立她的同學和無能為力自己。她在孤單一人的沉默中又度過了一天。

＊

放學後，小馨孤零零的走在回家的路上，不禁懷念起和阿椿相伴的日子。

「要到什麼時候，話說回來，又要怎麼知道，我不會再剋到別人了呢……是不是……以後都不能和阿椿玩了？」小馨落寞的自言自語著。

從小學時，小馨第一次自己上學走路開始，她和住在鄰近的阿椿每天早上總會相約在固定的巷子口見面，在一同前往學校。這樣的習慣一直持續了許多年，不過阿椿經常因為小馨的遲到而放她鴿子，至於同住的姿儀，則一次也沒有和她一同上下學過。

姿儀的左手縫了十幾針，但她幾乎是一出院，馬上就回學校上課了，纏繞著白色繃帶的手在校園中特別顯眼，更加深了小馨「帶衰」的印象。

小馨無精打采的走著，卻發現似乎有個人影默默跟著她。一開始，小馨以為是自己的錯覺，但轉了幾個路口，身後的人影依舊沒有消失，她才確定自己被跟蹤了。她害怕極了，腳步急切的拐進巷子裡，對方卻也跟著走進了巷子，她心想，果然自己是掃把星，現在換自己要倒楣了。

她走快，後面的人影就走快，她放慢，後面的人影跟著放慢，一直維持不變的距離，緊跟著她。

她偶爾會在電視上看到小孩或少女因為落單而被拐騙的新聞，雖然她從不覺得這些社會事件會和自己有關，況且家裡雖然不在市區，但回家的路也還算熱鬧，而且都有阿椿相伴……但因為最近的事故，讓她肯定自己的運氣一定比一般人都要來得差，就算真的遇上了壞人，好像也不用太驚訝。

小馨提醒自己冷靜，她試著保持一般速度，如果後面真的跟著變態，那也不能把對方引到家裡，現在家裡只有她和受傷的姿儀啊！她可得好好保護自己和家人。她默默做好決定後，腳尖一轉，繞到了附近的派出所。直到走進派出所，向警察尋求協助後，她才敢回頭望向自己走過的路，路上行人匆匆，沒有任何看起來可疑的人。

小馨和員警都認為，跟蹤者可能看到小馨竟然會跑到派出所，所以就放棄離開了，而員警因為小馨已經留下資料，就決定讓她先回家了。

「對了，同學……」離開前，警察叔叔困惑的問：「現在這樣穿是一種流行嗎？」

順著員警的視線，小馨低頭一看，這才尷尬的發現，原來她一整天都把圓點睡衣穿在白襯衫裡面，睡衣的下襬還大辣辣的放在裙子外面向路人打招呼。

「哈哈……哈……我……我先走了！」小馨尷尬的跑出派出所。

「……如果是平常，阿椿或同學一定會提醒我，就不用丟這種臉了……」小馨落寞的想著，但姿儀和爸爸住院的畫面閃過腦海，她趕緊搖搖頭，提醒自己：「事到如今，想這些都沒用啦！還是盡量避開大家，保持距離才是最重要的！」

就在小馨快接近家門時，她還來不及放鬆，一個人影突然從電線桿後冒了出來，差點嚇破小馨的膽。

「哇啊！」小馨大叫了一聲，跌坐在地，等她回過神來，發覺眼前俯視自己的不速之客不是別人，正是半分鐘前還在懷念的阿椿。

「哇！嚇我一跳！妳幹嘛突然大叫啊？」阿椿摀著耳朵，先發制人的抱怨道。

「還不是因為你突然跳出來，我才被嚇到了啊！」

「是喔！」阿椿不以為意的轉換話題，連聲道歉都沒有。

「妳去派出所幹嘛啊？」他一臉困惑的問。

「嗚……」小馨不禁心有餘悸的說：「因為剛剛我好像被跟蹤了……所以想起老師說，可以到派出所求救的事……」

「被跟蹤？」阿椿困惑的問：「我剛剛一直跟在妳後面，除了我以外，沒有人跟著妳啊？後來我還以為妳到派出所有事，所以就先繞到妳家來了。」

聽到阿椿的解釋，小馨瞪大了雙眼，憤怒的指著阿椿抗議。

「什麼啊！搞了半天，跟蹤我的人就是你！」

「什麼跟蹤？說得好難聽！」阿椿也不甘示弱的辯解：「我只是一直跟在妳後面，又沒有想要幹嘛！」

「這就叫跟蹤！」

「什麼嘛……我只是有事找妳……」阿椿無奈的攤著手說。

面對這烏龍的誤會，兩個好友相視片刻，突然默契十足的大笑起來，一掃彼此之間多日來的陰霾氣氛。

「那……你找我做什麼？」小馨笑到眼睛都流淚了，邊拭去眼角的淚水邊問。

「喔……那個啊……」一回到主題，阿椿有點不自在的搔搔頭說：「妳在學校一直躲我，還叫我不要在學校接近妳。所以我想，那不要讓其他人看到不就好了，所以我就乾脆到妳家來找妳了。」

「笨蛋！我是為了不要害你倒楣啊！」阿椿的解釋讓小馨突然回想起，自己還在努力躲避親朋好友中，自己竟然還白目的陪阿椿聊起天來，她趕緊轉身找鑰匙，準備逃進家中。

「喂！妳真的這麼認為嗎？」阿椿在小馨背後大喊。

小馨停下了開門的動作。

「妳真的覺得只要自己不接近別人，大家就不會出事了嗎？就可以過著幸福快樂的日子嗎？」

阿椿的聲音冷漠異常，他繼續攻擊著小馨一廂情願的想法。

「妳也太自以為是了吧？竟然認為都是自己的錯。上次才發生過的事，為什麼沒有學到教訓？這次又認為都是自己要負責。妳這樣不是一直在鬼打牆，自相矛盾嗎？妳是白癡吧？腦袋裝豆花？」阿椿越說越得意，一吐自己再次被忽略的怨氣。

「像妳這樣的人，聽說叫『精神官能症』，是種精神病喔！妳要不要到醫院檢查一下腦袋？說不定裡面真的裝豆花喔！以後我就叫妳莊豆花好了。喂！莊豆花？」

小馨顫抖的轉過身，發青的臉正對著阿椿得意的臉。

「我沒有反駁你就越說越得意嘛！」小馨生氣的吼回去。「腦袋裝豆花的是你吧！我不是已經跟你說過了，因為我爸和姿儀都出事了，所以我才……」

「妳看，這不就是在鬼打牆了嗎？」阿椿一臉不屑的說。「妳又在鑽牛角尖了。」

「我都說了……這是為了大家好……」

「妳只是在逃避而已。」阿椿一針見血的說。「逃避面對問題，把一切推給命運和迷信，卻不願正視問題，不願真正去採取行動改變現況。」

「你說……我在逃避？」小馨驚訝的說。「我明明這麼努力……」

「妳努力的方向根本就大錯特錯！妳跟妳家人的相處本來就有問題了。」阿椿冷酷的說：「妳明明很討厭妳姊排擠妳，可是妳卻從來不直說，還一直在旁邊像隻小狗一樣巴結她，希望獲得她的認同。」

「我……我才沒有！」

「因為自己是養女，所以想當個好女兒，表現得好像很懂事，假裝自己很能幹，什麼都可以自己做得好，妳根本就不相信妳的養父母真的關心妳！」

「你又懂什麼了！」小馨憤怒的喊著：「說的好像自己什麼都知道一樣！你有個愛你的爸爸，雖然沒有媽媽，可是你媽過世前，最關心的還是你！我什麼都沒有！只因為有雙明顯的掌紋就要被拋棄！還被姐姐排擠。我知道如果沒有我，她就可以一直當獨生女，可是我也需要有人支持我，有人照顧我啊！」

「對啦！對啦！妳最可憐了。」阿椿落寞的說：「我還寧願我媽不愛我，然後繼續活著咧……就算不在我身邊也沒關係……只要活著就好了……」

小馨驀然想起，阿椿的媽媽因為癌症，住了好久的醫院，痛苦了好一段時間才過世。

「阿椿……我……」小馨結巴著想道歉，卻錯愕的對上阿椿炯炯有神的雙眼。

「好！互揭瘡疤的時間結束！」

「啥？什麼？」小馨錯愕的問：「就這樣？我都還沒哭一哭，叫一叫，也還沒抱怨到……還沒說我在家過得有多辛苦……」

「亂七八糟的東西說太多，一點營養都沒有，還有害健康，只會讓人陷入更多的牛角尖裡。知道問題的癥結點就夠了，不用探究細節啦！」阿椿恢復了往常的痞子模樣問道：「你們家最近還好嗎？」

「啊……」提到家裡狀況，小馨又消沉了下來。「其實我媽她……她好像也快倒了……你知道，她又要開工廠，又要照顧我爸，像現在，她應該還在醫院，然後晚上要到工廠加班。她最近精神好像很不好，還說晚上會做惡夢，聽到奇怪的聲音……」

「小馨……」阿椿同情的看著好友。「妳有問過妳爸媽嗎？」

「問什麼？」

「妳剛剛說的這些煩惱啊！」

小馨茫然的搖搖頭說：「為什麼要問？」

「妳真是笨！難怪會鑽牛角尖！」

阿椿轉身並示意小馨跟著。

「走吧！」

「去哪？」

「我剛剛不是說了嗎？行動啊！」阿椿翻了個白眼，一臉不耐的等著小馨跟上。

09
幸運石

他們兩人來到病房時，只有莊爸獨自一人安靜的躺在病床上。他的右手打著石膏和繃帶，正用彆扭的姿勢翻看雜誌，一旁的櫃子上放著吃剩的便當和削好的水果。

看到來訪的兩人，莊爸露出開朗的笑容招呼他們。

「阿椿啊！好久沒見到你了。」

「叔叔好！」

阿椿將路上買的水果放在櫃子上。

「這是我爸交代要帶來的，是拉拉山的水蜜桃喔！」

「你們太客氣啦！上次你爸帶來的蘋果都還沒吃完，現在又送水蜜桃，這樣不好意思啦！」

「叔叔，你精神不錯耶！」阿椿意外的說。

「哈哈哈！難得有機會放長假，除了生活上有點不方便，我倒是滿自得其樂的！只是辛苦媽媽和女兒們了……」

提到家人，莊爸開朗的神色添上幾分愧疚。

「最近姿儀又受了傷……小馨，還要麻煩妳多照顧姐姐了……」

「放心！姐她很厲害，雖然受傷了，可是學校和家事都還是做得很好……我沒有幫到什麼啦……」小馨不敢說的事實是，姿儀依舊把她當空氣，漠視的徹底，只是小馨也暗自佩服姿儀的毅力，一手受傷卻還能俐落的照樣過生活。

「是嗎……幸好妳們姐妹倆都很懂事，如果能對彼此多信賴一點，我就更高興了……」

「爸，便當還要吃嗎？」

莊爸的希望也是小馨的，但小馨知道不可能，她乾脆轉換話題，邊問邊俐落的收拾著病房。

「喔！我吃不下了，可能是因為止痛藥的關係，一直沒什麼胃口……」

小馨擔憂的看著還剩下一半的便當，但面對病痛，她能做的也只是繼續整理雜物。

「叔叔！」

阿椿毫不客氣的一屁股坐在小馨剛整理出來的椅子上，無視小馨不滿的目

光，大刺刺的態度，彷彿自己和莊爸也是相識已久的舊友。

「剛剛我跟小馨聊天，她說都是因為她的關係，所以你才會受傷耶！」

「咦？」莊爸爸一臉困惑的看著小馨和阿椿，前者滿臉窘狀，後者一臉促狹。

「你不要亂說話啦！」

小馨瞪著阿椿，想用眼神警告他閉嘴。

「這是意外，跟小馨有什麼關係？」莊爸滿頭霧水的問。

「馨馨啊！妳怎麼會這樣想？」

「沒有啦……你不要聽阿椿亂說。」小馨乾脆用腳狠踩阿椿，奈何後者都靈巧的避開了。

「真的啊！」

阿椿繼續唯恐天下不亂，彷彿在說一件有趣的事般，開心的說：「她剛剛還哭著跟我說，都是因為她是斷掌，注定剋父剋母，所以你和姿儀才會受傷，她以後打算一個人孤老終生耶！」

「我哪有哭！而且我也沒有打算孤老終生，你閉嘴啦！」

小馨驚慌的伸手摀住阿椿的嘴，然後轉頭探看爸爸的反應，沒想到後者卻一臉正經的回望著她。

「阿椿說的是真的嗎？」莊爸認真的問：「妳真的這樣想？」

「我……」

小馨看到平時溫和的爸爸，竟然一臉嚴肅，她不知道怎麼回答才算是正確答案，只好結巴的迴避問題。

「我……也不知道。」

「妳這做作的傢伙！」看到小馨一臉軟弱的模樣，阿椿不滿的直戳小馨痛處。「剛剛還哭著說，自己什麼都沒有做，只因為掌紋就要被拋棄。啊啊！有沒有人來支持我，聽聽我的痛苦啊！」

阿椿加油添醋，誇張生動的模仿了小馨先前說的話，讓小馨的臉一陣青一陣白，恨不得馬上宰了阿椿滅口。

「小馨……」不被阿椿的話影響，莊爸一改平日的溫和，竟然愧疚的對女

兒道歉。

「對不起……」

「爸？」

「叔叔？」

面對莊爸的態度，小馨和阿椿都看傻了眼。

阿椿的想法只是希望小馨的家人支持她，了解她的煩惱，卻沒想到莊爸竟然會如此慎重的道歉。

「我們一直沒有跟妳講過，妳被領養時的事，妳要不要聽聽呢？」莊爸彷彿下定決心般的對他們說著。

「阿椿，如果你有興趣，也可以留下來……」

「喔喔！我要聽！等等，我搬張椅子來。」阿椿連忙手腳俐落的張羅好舒服的位置。

「啊！這會講很久嗎？我去倒個水。啊！順便切個水果，等我喔！」連小馨也跟著好奇了起來，莊爸好笑的看著兩個青少年準備好一切，正襟危坐的拿著水果和水，彷彿在看懸疑片般既緊張又期待的模樣。

確定女兒和少年都一切就緒後，莊爸娓娓道來那段久遠的回憶。

「我們決定領養妳的時候，我和妳媽也想過，為了不讓妳有不好的回憶，是不是隱瞞妳的身世會比較好……」

「可是……當我們從育幼院把妳帶回家的時候，妳已經五歲了，記住的東西，也已經不少了。媽媽聽育幼院的人說，妳會被送到那邊，都是因為雙手斷掌的關係。我還記得，我們那時候認真看了妳的手掌，小小的手掌，卻有兩條深深的掌紋橫越，好像用刀劃過一樣的深。育幼院的人似乎也沒有對妳刻意隱瞞，明明你就只是個孩子而已……」

回憶起在育幼院裡碰到的冷漠和惡意，莊爸不禁搖了搖頭。

「接妳回家後，妳有時候還會問我們，斷掌是什麼意思？為什麼妳不能和自己的爸媽住在一起？」莊爸的臉似乎比平常還要蒼老，一點都沒有平時做木工時展現的活力。

這是小馨懂事後，第一次聽爸爸提起育幼院的事。但她自己也依稀記得，在那個又小又冷的房間裡，擠了十幾個孩子，她是其中最小的，睡的床也是裡面最破爛的。

只有阿椿大嚼著水果，一臉津津有味的表情，與莊家父女顯露出的沉重氛圍形成強烈對比。

「我和妳媽商量後，我們決定一五一十都跟妳說，包括育幼院的事和妳的斷掌。畢竟等到妳長大了，懂事了，一定也會想自己去查出來……」莊爸疲倦的說著：「與其讓妳自己在那邊亂想，乾脆直接跟妳說清楚，沒想到……」

「沒想到她還是亂想了吧！」阿椿不懷好意的取笑著小馨。

「你閉嘴啦！」

對於阿椿的直接，莊爸寬容的抱以感激的微笑。

「看來……再怎麼為小孩著想，如果不搞清楚孩子的性格，想來想去都還是做父母的在自以為是呢……」

「唉！你們也盡力了啦！以你們來說，已經做得很好了，就別糾結了。」阿椿一副過來人的模樣，拍拍莊爸的肩膀安慰道。

小馨目瞪口呆的看著眼前的景象。

「你們兩個有這麼要好嗎？」

「抱歉抱歉……」莊爸不好意思的笑著說：「其實我偶爾會到阿椿家喝兩杯，跟椿爸聊天，阿椿也經常在旁邊陪我們……今天聊這個，總覺得和阿椿有點『麻吉』的感覺……」

「和比自己小三十幾歲的小鬼有什麼好『麻吉』的啊！」小馨無奈的問。

「哈哈！爸爸一個人在病房裡待久了，加上今天聊的事還滿感性的，所以就變得有點多愁善感了。有人來陪我聊天，我很開心呢！所以……」

「喔……」

現在換小馨大嚼水果了，她自暴自棄的說：「反正都只是我在亂想啦……我只是在自尋煩惱罷了……沒關係……不用理我……你們哥倆就盡量去麻吉吧！」

「小馨……」

面對消沉的女兒，莊爸趕緊將注意拉回到她身上，安慰說：「我還沒說完啊！就像剛剛說的，當我們聽說妳是因為斷掌被送到育幼院的時候，也覺得很不可思議……都已經是二十一世紀了，還有人有這種迷信的想法。」

「對啊！那些人還是我的親生父母咧……」小馨哀怨的說。

「可是我們都知道，這不是真的。」

莊爸伸手摸摸女兒的頭，微笑的說：「妳沒有帶來壞運，還帶了很多歡笑給我們，又乖巧又聰明。」

「可是……可是……小時候偶爾會發生的意外又怎麼說呢？」小馨一口氣將梗在心裡的話都說了出來。

「還有……還有……這次不只是爸爸，連姿儀都受傷了……」

「小馨啊……每個家庭都會有走好運和不好運的時候啊！」莊爸不為所動的說：「妳記得隔壁的李先生嗎？」

小馨點點頭，隔壁的李伯伯從小就對她很好，總會塞些點心糖果給她吃，

還帶阿椿和她一起去釣過魚。

「妳記得，幾年前他被工作了三十幾年的公司裁員；接著兒子又出車禍斷了腿，也丟了工作；同年女兒離婚，現在還在打小孩撫養權的官司，一連串的意外通通發生在同一年。這樣妳也要說，他們家有人是掃把星嗎？據我所知，他們家可沒有一個人是斷掌喔！」

小馨連忙搖頭。

「然後，妳應該也知道，就在今年，李先生走出憂鬱症，和小孩們一起合作開店賣臭豆腐。他們家在車站附近擺的小吃攤大受歡迎，甚至還被地方報紙報導呢！」

小馨點點頭，當聽到李伯伯一家準備開店時，她打心底為他們高興，還和阿椿一起去捧場了好多次，他們家獨特的臭豆腐，可是李伯伯的家傳祕方，又酥又脆，只此一家呢！

「這就是所謂的塞翁失馬，焉知非福啊！」

莊爸笑著說：「誰知道老李他們是否會繼續好運下去呢？最近我又聽說老

李的新煩惱了，他因為工作過度，身體出了點問題……但偏偏原物料上漲……現在正傷腦筋要請人來幫忙好還是乖乖休息好呢！」

「叔叔……你知道的八卦很多呢！」阿椿佩服的說。

「哈哈！我們工廠的師傅都是大家一起吃飯的，吃飯時總是會閒聊嘛！」

莊爸開朗的說：「人的運勢起起落落，沒有永遠的好運，也沒有絕對的厄運，只要能平靜面對厄運，再糟的事情都會變成轉機。這個道理，椿爸應該最清楚了，妳經常和阿椿在一起，應該也耳熟能詳吧？」

小馨和阿椿互看了一眼，異口同聲的說：「天有不測風雲，人有旦夕禍福。」

「我爸的口頭禪。」阿椿聳聳肩補充說道。

被阿椿無奈的語氣逗笑，病房內的氣氛一下變得輕鬆了起來。

莊爸摸摸小馨的頭說：「不要再被斷掌的事影響了，我和妳媽應該也不只一次說過，我們不介意也不相信，那都只是迷信，好嗎？」

小馨猶豫的看著爸爸，莊爸露出溫暖的微笑，小馨終於放下了連日來的困惑與自責，坦率的報以微笑。

「其實呢！關於斷掌，我還聽過一種解釋。」氣氛變輕鬆後，莊爸用隨興的語氣閒聊著。

「咦？什麼解釋？」

「哪種哪種？」阿椿興致勃勃的問。

「聽說呢！有斷掌的小孩會剋父剋母，是因為斷掌的孩子性格比較固執，或者個性剛好和父母雙方相反，性格相異的人住在同一個屋簷下，如果沒有辦法互相包容和尊重，就容易起衝突，這樣一來……」

「看起來就會是小孩老是頂撞父母，讓父母氣得縮短性命了吧？」阿椿接著幫莊爸把話說完。

莊爸點頭補充道：「就是這樣。」

「以小馨的情況來說，應該是永遠無法克服邋遢和少根筋吧！」阿椿嘲笑的打量著小馨的穿著。

莊爸同意的點點頭。

「身為一個女孩家，這樣的性格真的很令做父母的擔憂呢！」

「我才沒有，我今天可是……」

小馨原本想拍拍胸膛，展現自己整潔的儀容，但一低頭，就懊惱得說不出話來，因為她那件圓點睡衣的下襬依舊從制服內探出頭來和大家打招呼。

看到小馨羞愧得脹紅了臉的模樣，莊爸和阿椿竟然被逗得哈哈大笑。

「喂！爸爸！」

小馨嘟著嘴抱怨，兩位毫無風度的男性才努力克制了笑意。

「我早跟妳說了，自尋煩惱只會鑽進牛角尖裡，大家聊開不就好了！」阿椿不屑的說：「妳不相信我，偏要胡思亂想。」

「哈哈！這次真的要謝謝你了，阿椿。」莊爸爸說。

「對了，小馨，我有件事要拜託妳。」

聽到爸爸要吩咐自己做事，小馨趕緊豎起耳朵認真聆聽。

「喔！」

「最近妳媽應該很忙，要維持工廠的營運，還要每天來照顧我……」提起媽媽，莊爸的臉上不由得顯露出擔憂來。

小馨也知道媽媽幾乎都住在醫院裡，而沒在醫院的時間則在工廠加班。

「所以，在不影響學業的情況下……妳多幫媽媽分擔點家事，好嗎？」

小馨連忙點頭。

「那是當然的！我等等就去工廠看媽媽，或許就有我可以幫忙的地方。」

「那就麻煩妳了！還有……雖然我相信姿儀可以把自己照顧好，不過妳姐姐也是個愛逞強的人，妳有空就多幫她一些忙，聽聽她說話也可以……」

聽到爸爸提起姿儀，小馨覺得自己的肩膀變得僵硬起來。

「喔……喔……」她勉強回道。

看著小馨的反應，莊爸安慰著說：「我知道姿儀一直對妳很冷淡，但妳們是姐妹，有什麼話只要像這樣講出來，大家各退一步，關係一定會改善……」

「喔……」小馨無精打采的回應著。

「唉……起碼這段期間吧！」看出小馨的為難，莊爸不勉強的說：「妳就照自己的方式去做吧！」

小馨默默點頭。

「阿椿，謝謝你過來探病，還這麼關心小馨。」

「喔！那沒什麼啦！」阿椿雙手一攤，一臉自戀的說：「我爸說，救人一命，勝造七級浮屠，我這可是功德無量呢！」

阿椿誇張的說法又逗笑了大家，小馨總算抱著不同於探望前的輕鬆心情，離開了醫院。

「喂！」阿椿說：「妳等等要去工廠，對吧？」

「對啊！」小馨說：「剛剛已經答應了，就算幫不上忙，也可以帶個點心給媽媽吃。」

「那把這個帶去如何？」

阿椿從書包裡掏出一顆巴掌大小，混雜著各種大地色彩的咖啡色石頭。

「這是那顆……」

「女媧石。」阿椿把石頭放在小馨的手上。「妳記得之前社團活動時，有個學姐用這個石頭來換護身符吧！」

「啊！對對，我們說不用，她還硬塞給我們。」

小馨回憶當時的情況，只覺得有趣。學姐似乎很高興可以將沉重的石頭換成輕盈的護身符，所以硬是塞給了他們，他們當時困擾許久，才決定由阿椿帶回家。

「我回去問了我爸才知道，這顆石頭叫女媧石，好像真的有放鬆心情的功能在。」

阿椿說：「送給妳媽吧！就算沒用，也可以圖個心安。」

「把這個……帶在身上嗎？」小馨目測了一下石頭，不確定那是可以輕鬆攜帶的大小。

「也可以擺在桌上當裝飾啊！」

「對喔！」

暗色的石頭微妙的吸引小馨的目光，她接過石頭，扎實的重量讓她有種莫名的心安。

「那我就不客氣的收下囉！謝啦！」

＊

和阿椿分手後，來到木工廠的小馨，果然看到辦公室的燈亮著。她蹦蹦跳跳的跑進辦公室，想快點將石頭送給媽媽。

一進辦公室，不見媽媽身影，卻看見一個陌生男子站在辦公室裡，對方也被突然闖入的小馨嚇了一大跳。

眼尖的小馨瞥見媽媽昏倒在角落，額角還流出血絲，小馨驚慌大叫，並順手把石頭奮力砸向陌生男子，沒想到竟然砸中了。男子的頭殼發出響亮的喀咚聲，他大叫著抱頭竄出了辦公室，一眨眼就不見蹤影。

眼見陌生人像旋風般逃走了，小馨這才不爭氣的雙腿發軟，半跪半爬的跑到媽媽身邊，拿著電話報警求救。

在等待救護車和警車的過程中，小馨渾身發抖，驚恐的抱著昏倒的媽媽，不知如何是好。

10
護身符

「小馨！」

「小馨，我們都聽說了！」

「小馨，妳好勇敢！」

「小馨……」

小馨一踏進教室，就被莫名熱情的同學團團圍住，其中最熱情的就屬班長了，他甚至張開雙手作勢擁抱小馨，藉此充分展現自己對小馨的「接納」。面對大家突然轉變的態度，小馨既疲倦又不安，她不自覺的將書包緊抱在胸前，努力站穩腳步，免得被人群擠倒。

「小馨……妳可以說說……」

「小馨，妳有看到小偷的樣子對吧？」

「小馨……妳是用哪隻手丟石頭砸中對方的？」

「你們也太現實了吧！」接著踏進教室的阿椿不屑的打斷圍觀同學的話，大聲批評著。

「話不能這麼說。」班長推了推眼鏡，客觀的解釋著最新情況。「大家之前都處在莫名的害怕中，也不知道傳言是不是真的……畢竟你也看到了吧！莊姿儀渾身是血的樣子……」

回憶起那天的場景，原本一臉不屑的阿椿也只好閉嘴。從沒想過在自己平常活動的地方，竟然會發生那麼駭人的事情，其實就連現在經過教室走廊，連他自己都還心有餘悸咧！

「在搞不清楚情況的狀態下，為了不讓自己也躺在血泊中，或者發生其他意外，減少和小馨接觸也只是一種預防囉！不過現在大家都知道小馨不是掃把星，甚至是福星了，當然不用再像之前那樣躲著她。」班長毫不愧疚，理所當然的為自己和同學辯護著。

聽到班長解釋的小馨，偏頭想了想後，決定附和的說：「對啊！阿椿，那時大家躲著我，反而讓我鬆了一口氣。而且在和爸爸談過之前，連我都不相信自己，以為意外都是自己造成的，怎麼能怪其他人呢？」

聽到小馨的「護航」，以班長為首的其他同學趕緊點頭讚同。

「真是！又是掃把星又是福星的，一定要這樣貼了標籤再決定相處的方式

嗎？人又不是只分福星和災星兩種！」阿椿憤慨的說：「再說你們每個人都太隨便了，隨便就排擠人，隨便就原諒別人，隨隨便便又可以和好如初……那認真覺得奇怪的我，反而是白癡囉？」

「隨便你怎麼說，這就是人際關係微妙的地方。」班長推了推眼鏡，一臉精明的說：「你還太嫩了呢！」

「哇！」不滿班長和同學們態度的阿椿，不屑的走回座位。「那那，小馨……」將阿椿打發後，班長雙眼發光，興奮的問道：「快跟我們說，妳是怎麼打跑小偷的？」

「啊……現在還不確定是不是來偷東西的，好像也沒有掉了什麼……」小馨露出不知所措的微笑。「而且其實沒多厲害啦……我只是運氣好而已……」

「運氣好就可以打跑壞人的人可不多。」班長用羨慕的語氣說：「那後來咧！我聽我媽說妳後來有到警局作筆錄？」

「我阿姨說妳幫了大忙呢！」另一個同學也搶著說：「她剛好值班，還說妳很懂事，記性很好呢！」

「沒那麼厲害啦！我只是幫忙畫出嫌犯的畫像……」

「妳過目不忘的本領總算有發揮啦！」班長讚許的摸摸小馨的頭。「明明平常也就算把課本的東西都背下來了，卻因為無法理解，還是考滿江紅的說……」

一聽到自己的狀態，小馨不禁雙頰泛紅。「我……如果只是描述長相的話，不用理解也做得到啦！」

不理會小馨的窘態，同學們又自顧自的七嘴八舌討論起來。

「聽說不是這附近的人耶！」

「聽說有前科……」

「聽說……」

「好啦好啦！各位不要再聽說來聽說去了，都回座位吧！」原本就不滿同學們的阿椿，終於大發慈悲回應了小馨死命瞪著他的無聲求救。「現在要補寫上星期沒寫完的國文學習單，請大家傳下去，寫完交給我就可以了。」

在阿椿的干擾下，小馨順利躲過了八卦同學們的盤問，得以喘口氣。她感

激的對阿椿豎起大拇指，後者給了一個瀟灑的揮手做為回應。

接下來的整天，同學們只要一下課，就無所不用其極的親近小馨，想多聽些精采的「第一手資訊」帶回家與家人分享。小馨不堪其擾，竟然想念起被排擠的生活，而那甚至還只是昨天的事情，她終於深刻體會到了椿爸說的世事難料。

昨晚，在警察與救護車的雙重轟炸下，小馨只覺得精神緊繃到了極點。還好媽媽似乎只是受了皮肉傷，在爸爸的建議下，她才決定像平常一樣乖乖到學校上課，畢竟姿儀也沒有因此在家休息。沒想到消息傳得如此之快，更沒想到關心時事的同學們會如嗜血的禿鷹般將她團團包圍，讓原本想藉由回到日常作息來改變心情的小馨，全無喘口氣的機會。

好不容易挨到放學，小馨一心只想快點趕到醫院探望媽媽，因為媽媽有腦震盪的可能，加上受到驚嚇而被安排住院觀察。但毫不意外的，小馨的計畫被同學緊迫逼人給干擾了，憋了一整天的眾人，不可能放過最後一個可以逼問小馨的機會。可惜，他們低估了阿椿的能耐，在阿椿完美的掩護下，小馨順利閃

過眾人關注的目光，溜出了校園。

小馨原本想約姿儀一起去，但至今姿儀都還不願意和她說話。就算是昨晚，當警察通知姿儀到醫院時，姿儀也只是以憤恨的眼神瞪著小馨，連一句話也不搭理小馨。小馨只好默默祈禱，若能在醫院碰到她，能有機會和她說話。小馨很想念姿儀，即使每次姿儀和她說話的諷刺態度，都讓她討厭得要命，但也比現在完全不對話要來得好，起碼有回應。

就在接近醫院時，小馨又像先前一樣敏銳的發現身後有人跟著她。小馨不以為意，除了阿椿，還有誰會像跟蹤狂一樣默不作聲的跟在她後頭？她決定要給阿椿一個教訓，雖然阿椿今天幫了她許多忙，但一碼歸一碼，她得要讓他知道，被跟蹤的感覺一點都不好玩。

她突然改變前進的方向，彎進了路旁的小巷子，她盤算著要繞到阿椿的後面，來個反跟蹤。只見小馨熟練的在巷弄中穿梭，不一會兒功夫，她就離開了跟蹤者的視線，繞到了離跟蹤者最近的一條巷子裡。她躲在巷子的陰影裡，準備當阿椿接近時，迅速跳到他眼前，狠狠的嚇他一跳。

就在小馨順利依計跳到跟蹤她的人面前時，被嚇了一大跳的卻是小馨。

那名跟蹤者並不是小馨原先以為的阿椿，而是小馨只見過兩次，卻永遠也不可能忘記的臉孔。一次是在廟會的石階上，他閃爍著陰沉的神色為小馨帶來諸多不安；一次是在昨晚，他面露兇殘的給小馨帶來充滿暴力與恐懼的經驗。那名男子有張如刀削過般消瘦尖銳的下巴，小馨在昏過去前，還記得自己昨天是這樣和警方的繪畫師形容的。

＊

小馨在昏暗的燈光中緩緩張開眼睛，她第一個感覺是自己的頭非常沉重，接著發現，自己被反綁在一張木椅上，地上放滿了啤酒罐和破碎的玻璃，還有幾個沾滿灰塵，斷手斷腳的塑膠娃娃，而她的書包就被隨手丟在那堆玩具中間。

看著那些廢棄物，小馨不自覺的吞了吞口水，心裡默默祈禱自己的命運能比娃娃要來得好些，而這似乎也要看她上輩子修的福氣夠不夠，阿椿和她夠不夠朋友了。

小馨忍耐著劇烈的頭痛，她感覺自己的額頭上有乾涸的血跡。她試著環伺四周，發覺自己是在一間廢棄的空屋，空氣中有股霉味混雜著尿騷味。她無法控制的乾嘔了幾聲，吵醒了睡在又黑又髒、彈簧都跑出來打招呼的沙發上的男人。

「醒啦？」有個尖下巴的男子語氣呆板的問。

小馨沉默不語，她既害怕又難過，不知道要說些什麼好。

「要不要吃麵包？」

小馨看到男子隨手從沙發深處抓了一個被壓扁的麵包，遞到她眼前。那可憐的麵包實在無法激起任何人的食慾，即使小馨又餓又渴，還是堅決的搖頭。

「不屑吃?真是好命的小孩，隨便妳。」男子說完，轉頭又躺回沙發上，睡起自己的大頭覺來。

「欸……那個……請問，大叔……」小馨呼喊著綁匪，嘗試吸引他的注意。「請問……為什麼要綁架我？」

在不管怎麼呼喊，對方都默不作聲，甚至鼾聲如雷的情況下，小馨頭昏眼花的度過第一個被綁架的晚上。

隔天一早，當太陽從破裂的玻璃窗中灑進陰暗的屋內時，小馨全身痠痛的醒來，她的姿勢跟昨天一樣，依舊是雙手被反綁在背後的囚犯狀態。她這才想起，自己被綁架了，她看到昨天睡在沙發上的男人並不在屋內，她心想得快趁這機會逃跑。她奮力的想掙脫反綁雙手的麻繩，無奈繩子和結都很結實，手腕都磨破了一層皮，還是無法掙脫。就在小馨滿頭大汗，想找其他方法逃跑時，卻聽到門口傳來的腳步聲。

「醒啦？」

尖下巴男手提便利商店的袋子，出現在門板破裂的大門前。

看對方的心情似乎很好，為了找到自己可以逃跑的方法，小馨再次向男人發問：「大叔……你綁架我要做什麼？」

「小妹妹，我本來跟妳無冤無仇啦！」

尖下巴男突然露出兇狠的神色，冷酷的說：「不過為了要給那個賤女人好看，我要把妳賣掉！」

「賣……賣掉？」

小馨睜大了雙眼，驚恐的看著眼前露出傻笑的詭異男子。

「對啊！我本來想抓那個賤女人去賣的，不過昨晚看到妳，我覺得妳應該更好賣，又年輕又有活力。我已經連絡好道上兄弟了，再過幾個小時，他們就會到這邊了。現在妳就安分點，好好等他們來把妳帶走，然後我開心數鈔票，我的復仇計畫就成功了！」男子露出得意的表情，一口氣說完。

原來這名綁架犯昨晚很安心睡覺的原因，就是因為他該辦的事都辦好了，而現在開心的理由，則是距離「交貨」的時間越來越近。

小馨恍然大悟，只是……她還有很多疑問，看尖下巴男一臉期待的吃著便利商店買的御飯團，她鼓起勇氣，再次提問。

「那個……請問……大叔……那個賤女人……是指誰啊……」其實小馨的心裡已經模糊有了答案。但沒道理啊！沒真的從男子口中聽到理由，她才不相信。

「妳說那個賤女人喔……」尖下巴男突然將臉湊近小馨，近到小馨都可以聞到他口中傳來的菸味和口臭。小馨強忍著乾嘔的衝動，努力將頭向後仰，竭力避開男子。尖下巴男不懷好意的笑著說：「賤女人就是妳媽啊！」

小馨驚訝的繼續問：「大叔……你認識我媽啊？」

「何止認識！」尖下巴男突然變得激動起來，他口氣怨恨的說：「我可是她頭家耶！」

小馨困惑的反問：「頭家？你是我媽的老闆？」

「喔！妳聽不懂喔！」男子咧嘴一笑，好心的向小馨解釋：「頭家就是老公的意思啦！」小馨聽了解釋反而變得更霧煞煞。

「老……老公？可是我媽……我爸……」

「對，妳想的沒錯。」尖下巴男好心的接著把小馨的臆測說完。

「十幾年前，妳媽這個賤女人拋棄了我，跟妳爸這個渾蛋跑了！這十幾年來，我一直在找她。終於……那麼多年來，總算給我找到了！」

大叔露出冷酷的勝利微笑說：「那天我在廟會看到妳，一看就認出來了，

妳跟妳媽簡直是同一個模子刻出來的，長得一模一樣！哈哈哈哈！昨晚她知道我能找到她的理由時，臉色白得跟鬼一樣！哈哈哈哈！」

「長得一模一樣？」聽了尖下巴男的解釋，小馨覺得自己的頭越來越痛，搞不懂的東西越來越多。

「可是……不可能啊！我和媽媽是遠房親戚，我不是她親生的女兒……怎麼可能會長得一模一樣？」

「欸……是喔？不是親生的？」男子困惑的看著小馨的臉說：「可是妳們的眼睛和鼻子就是同款的啊？奇怪……不管啦！反正都是從小養大的女兒，被賣掉一樣會心疼啦！」男子聳聳肩，毫不介意這沒預料到的意外。

「大……大叔……綁架，要判刑吧！如果你現在放我走的話，說不定還可不會被發現……我不會報警的……」小馨胡亂說著從電視上看過的對白，試圖說服對方放她走。

「不會有人知道妳被綁架啦！」尖下巴男自信的說：「失蹤不到兩天，警察都不會有動靜，而且你們這個年紀的小孩喔！如果沒有消息，家人只會以為

你們在鬧脾氣，逃家去玩了而已。警察才沒那麼閒，有空去找翹家的小孩咧！等到他們發覺不對勁，妳已經被賣到東南亞了，我也數鈔票數到手軟了！」尖下巴男得意的笑著，毫不理會小馨絕望的表情。

小馨無力的坐著，情況的確很可能如大叔所說，可能連她被裝在船艙裡運往南方時，都還不會有人注意到自己被賣掉了……突然察覺到了自己放棄的心情，小馨趕緊搖搖頭，想藉此甩掉低迷的不安。她不可以放棄，即使只有一點機會，她也要想辦法逃出去。

她想起椿爸說的，命運掌握在自己手中。小馨才剛和爸爸和解，保護了媽媽，但還沒有勇敢的對姿儀坦白自己的心情，怎麼可以就這樣成為失蹤人口，從此消失呢？而且……而且還有阿椿在啊！一想到阿椿，小馨就覺得自己生出了好多勇氣，她和阿椿的默契可不是一般，雖然不是穿同一條褲子，但也差不多了，以他倆的默契，阿椿一定會發現的！

「欸……大叔……我……我想上廁所……」在別人來救她之前，她也要多想幾個辦法拖延時間，能順勢逃出去求救就更好了。

小馨試著提出要求，她得先離開椅子再說。但奈何男子說完自己想說的話之後，就蜷縮在沙發上打鼾，不再理會小馨。

「大叔……如果我尿濕褲子了……你的兄弟們就要和全身尿騷味的小孩坐在一起……他們……他們不會生氣嗎？」

似乎認同了小馨的話，尖下巴男終於從他佔據的沙發上起身。

「所以說女人就是麻煩。我警告妳，妳最好不要搞什麼小動作，不要以為老子不會打妳啊！」

小馨一點都不懷疑尖下巴男的威脅，她的頭還隱隱作痛著呢！她趕緊用力點頭。似乎相信她會老實的樣子，尖下巴男起身來到小馨身後，小馨感覺自己的手上的繩子終於變鬆了，就在小馨獲得短暫自由的下一刻，突然一陣巨響，已經很破爛的木頭門板被粗暴的踹了開來，一群全副武裝的警察破門而入。男子見狀，想一把抓住小馨當人質，但重獲自由的小馨機靈的往旁邊一閃。男子雙手抓了個空，訝異的罵聲髒話後，手忙腳亂的想破窗而逃。

警察們見機不可失，一舉湧上前，以迅雷不及掩耳的速度壓制了手無寸鐵

的綁匪。

「警察怎麼會？」尖下巴綁匪被壓倒在地，他震驚的瞪著被解開繩索，真的打算狂奔到外面找廁所的小馨。

被兩名雄壯的警察架出小屋的男子對著小馨怒吼：「妳這小賤人是怎麼報警的？」

「她沒有報警，是我報的警。」

阿椿拿著小馨的外套，和莊爸一起從警車中走了出來，兩人的神情既緊張又開心。

「爸爸！阿椿！」小馨飛奔向他們。

「小馨！」莊爸抱著小女兒，忍不住哭了起來。

「阿椿！你果然有猜到！」小馨也紅著眼眶說。

「小妹妹，妳真的要好好感謝妳的好朋友。」

一位女警笑著說：「要不是他堅持妳一定是被綁架了，硬是賴在警局不肯走，還到處散發綁匪的肖像畫，我們一定沒辦法這麼快就找到妳！」

「不只是我啦！」

阿椿不好意思的說：「如果不是因為綁匪太笨，不知道自己的肖像畫已經被公布在各大店家了，加上那畫實在傳神，店員一眼就認了出來……」

「你之前一直不肯說，你到底是怎麼肯定你的朋友是被綁架了，不是離家出走呢？」女警好奇的問。

提到這問題，阿椿雙頰微紅的伸進口袋裡，拿出了他在巷口撿到的東西，大家仔細一看，發現在阿椿掌心的，是一個粗糙破舊的手工護身符。

「這個護身符，小馨從小就隨身攜帶著，有次弄丟了，她還硬是纏著我，陪她找了三天三夜。」阿椿感慨的說：「可是這個護身符卻被隨便丟在巷口，而且小馨也不見蹤影……」

「你憑這點就認為，她一定是遭遇不測了？」女警訝異的說。

「嗯……」阿椿不好意思的抓抓臉。「還有……她還沒有不約我，就自己出門玩過……所以……」

「阿椿！」小馨開心的用力搭住阿椿的肩膀，感激的亂抓他的頭髮。「我

就知道你一定會來幫我！」

「放手啦！」阿椿不滿的掙扎。

「我的頭髮都被妳弄亂了！而且妳有夠臭的！」

「阿椿，為了答謝你，我就告訴你，為什麼我要一直帶著那個護身符吧！」

「喔！雖然我也沒有特別想知道，但妳要說我就姑且聽一下吧！」其實阿椿好奇死了。

「因為那個護身符，是我離開育幼院之後，第一個交到的朋友陪我一起做的。我想提醒自己，我們會是永遠的朋友……」小馨感激的看著阿椿說：「阿椿，謝謝你……你救了我！」

聽到小馨的理由後，阿椿害羞的說：「這都那麼破爛了。你不早說，我們改天一起做個新的，我用我最愛的美少女拼布做給妳……」

「普通的就可以了……」

11
女兒們

歷劫歸來的小馨，再次成為學校名人。

因為頭上有個被敲昏時留下的裂傷，傷口縫了幾針後，在醫生的同意下，小馨隔天就出院回家休養了。

但是，接下來有好幾天，不管她走到哪裡，無論是在學校還是街上，她老是突然被同學或認識的鄰居們叫住，一遍又一遍的講述著她在警局時解釋過的情況，還得適時的安慰同學與鄰居們比她還要驚恐的情緒，而有的人卻又開始躲避著她。

大小不一的謠言再次蔓延開來，甚至有媒體記者在校園和家門外等她，想採訪她的獨家心情和感想。

值得慶幸的是，她的同班同學這次沒再對她死纏爛打，反而主動維護起她的隱私來，不隨便對其他班級或不認識的人透露她的行蹤。只是，大家充滿好奇又努力壓抑好奇的渴望神情，實在也讓她吃不消。

即使有同學們相挺，小馨還是覺得疲倦不已。

明明已經回到了日常生活，明明自己才是受害者，為什麼在眾人的注目之

下，小馨卻覺得做錯事的是自己，得要躲藏起來？

於是，在老師的同意下，她乾脆以養傷為由，向學校請了幾天假，好好在家休息，也等風波平靜一些。

小馨原以為，經過這次事件，姿儀或許會像電影演的一樣，發現自己還是有點在乎妹妹的，於是就不再漠視她。

可惜她小看了姐姐對她的怨恨，當小馨回家，姿儀的第一句話竟是冷酷的對她說：「真可惜妳平安回來了，不然少了妳，我們一家從此就可以過著幸福快樂的日子了。」

即使知道姿儀對自己就是這種態度，小馨還是默默難過了好幾天。但她已經答應爸爸，要主動幫助家人了，她會努力讓姿儀認同自己的。

＊

事件發生後的一個禮拜，那位綽號阿才的綁匪在莊爸和莊媽的探視下，充滿悔恨的認了罪。

小馨不禁覺得爸媽真厲害，除了願意探視綁架女兒的罪犯外，竟然能成功

說服綁匪改過向善，小馨對爸媽的崇拜又增加了許多。

之後，在小馨休養的期間，莊爸也向醫院提出了請假的要求，回到家與家人共進晚餐。

難得團圓的餐桌上，小馨不勝唏噓的看著全體帶傷的家人。爸爸的右手還打著石膏，坐在客廳看電視；媽媽的頭上也貼著ＯＫ繃，但已經沒有大礙，在廚房忙進忙出準備晚餐；姿儀左手的繃帶還在，但她也比剛受傷時要來得行動自如；自己的頭上的傷口也還沒有拆線。

姿儀像平常一樣陪著爸爸在客廳，專注的看著美國的推理影集，小馨瞥了一眼螢幕，影集的主角一如往常般，從驗屍開始辦案。

小馨充滿感動，這就是她的日常了，她終於回到了平靜的日常生活。她也像平常一樣，手腳俐落的幫媽媽挑著青菜，今天的晚餐是竹筍、紅燒肉、糖醋魚和炒地瓜葉。

「媽媽，晚餐好豐盛喔！」小馨聞著鮮甜的糖醋魚，開心的說：「今天是怎麼啦？」

莊媽媽露出了一抹虛弱的微笑，繼續專注的調味著即將起鍋的糖醋魚，沒有回答。

「媽？」小馨擔憂的看著媽媽。

「好像受傷之後，媽媽的精神就更不好了，妳還好嗎？」

小馨百思不得其解，為什麼明明大家都平安了，終於團圓了，媽媽卻一臉愁容，眉頭深鎖。

莊媽媽終於擠出了一絲微笑，勉強回應著小馨。

「沒事，妳把碗筷擺上，叫爸爸和姐姐來吃飯吧！」

整理餐桌的小馨，一下看著在廚房忙碌的媽媽，一下轉頭看著認真看影集的爸爸與姐姐，明明是久違的日常畫面，但莫名的，小馨卻突然察覺到了自己一直隱約感到的不安。

這是從在廟會時，第一次遇見阿才，就一直梗在心底的不安。

她發覺自己似乎一直很害怕。因為那個尖下巴大叔的出現，她有種自己已經一腳踏進了一團不能探究的往事之中的感覺。

當她從尖下巴大叔嘴裡聽到媽媽的事時，她更加確定了自己的感覺。

她曾向阿椿求助，希望能獲得安慰，但阿椿只是事不關己的說：「伸頭是一刀，縮頭也是一刀。妳差點因為這件事被賣掉，難道不想知道原因嗎？」

說實話……真的非得要說實話的話，小馨當然很想知道……但又很害怕，既好奇又害怕……不知為何，她有預感，所謂的真相一定不是自己幻想中的那樣簡單，甚至有可能會破壞了他們家原有的、或說是曾經有過的日常。

「嗯！好香。」莊爸夾了一口紅燒肉放進嘴裡。

「哈哈！醫院的伙食都很清淡，難得終於可以吃到媽媽燒的家常菜了。大家快點吃吧！多吃點！」

不是錯覺，爸爸明顯笑得很勉強，仔細一看，他的眼眶下多了黑眼圈，雖然強顏歡笑，卻和媽媽一樣，臉上有著說不出的疲倦。

姿儀一定也感到了詭異的氛圍，她也比平常要來得沉默。小馨困惑的看著爸爸和媽媽，父母卻彷彿沒注意到小女兒的疑問，自顧自的吃著晚餐。

*

11 女兒們

表面上很愉快的晚餐結束後，媽媽將姿儀還有幫忙收拾碗筷的小馨一同叫到了客廳。

「小馨，先到客廳去吧！爸媽有話對妳們說……」

有什麼事是同時要和她還有姿儀講的？小馨想不透會是什麼，她帶著滿腹的疑問來到客廳。

爸爸已經好整以暇的坐在客廳沙發上，姿儀也一臉無趣的坐在一旁，空氣中有股不安的氛圍。

等小馨和媽媽也加入後，莊爸首先開口了，他一臉慎重的說：「我和媽媽商量過了……」

小馨和姿儀難得有默契的都低著頭，心不在焉的把玩著指甲和頭髮。

其實小馨自己知道，她們倆此刻比任何時刻都要來得緊繃，只是想藉此掩飾那強烈的焦慮感。

「我們決定要跟妳們說一些事……如果不是最近發生的事，我們也沒打算說的……但有些事似乎怎麼瞞都瞞不住，最後還是得講開來……」

彷彿沒注意到一雙女兒的不安，莊爸緊盯著地板，自顧自的繼續說：「其實妳們是……」

「我不想聽。」

姿儀突兀的打斷莊爸的話，率先站了起來。

「我要回房了。這整件事根本和我沒有關係，如果不是因為掃把星，我們家最近也不會這麼衰，又是爸爸受傷，又是媽媽被襲擊，我還撞傷了手……最後竟然還搞到上社會版新聞……搞什麼東西嘛！我還要準備學測耶！這件事就到此結束，我不想再被掃把星的事分心了！」

姿儀依舊毫不掩飾自己對小馨的輕蔑，在父母面前直呼妹妹「掃把星」。

「姿儀，小馨不是掃把星……要說幾次妳才懂……」莊媽一臉受傷的說。

「我早就說過了，早點把她送走，今天就不會發生那麼多事了。」

姿儀含著眼淚，委屈哀怨的說：「反正……反正我說的話沒有人要聽就是了……」

姿儀的每句話都刺傷了小馨，但她已經決定了，她不會再認同姿儀所說的

任何一句貶損自己的話，她知道自己是誰，絕不是姿儀口中的「掃把星」。

「姿儀……妳冷靜點。先聽我說……」

莊爸揉了揉自己的太陽穴，困難的開口說：「而且這也不只是小馨的事，這件事也和妳有關……小馨的家就在這裡，妳妹妹……小馨她……才是媽媽親生的女兒。」

莊爸一口氣說出了這天大的祕密後，瞬間看起來老了十歲，只見他無力的靠在沙發上，神色落寞。

莊媽則充滿歉意的看著地板，依舊沉默不語。

兩個女孩困惑的對望著，並來回看著爸爸和媽媽，姿儀也忘了繼續捏痛自己的手掌逼出眼淚。

「爸……你在說什麼啊？」小馨歪著頭問道。

「我才是被領養的啊！五歲的時候……我還記得在那之前，我都住在育幼院啊……因為……因為我的斷掌……所以我才被丟到那邊的，你忘了嗎？」

「對……但是……把妳丟到那的……不是什麼遠房親戚……」莊媽用非常

細小，比螞蟻還虛弱卻清楚的聲音，接替莊爸回答了問題。

「把妳丟到那的，就是我。」

小馨張著嘴巴，卻發不出任何聲音；姿儀也呆愣在原地，像個機器人偶般面無表情。

「那個，你們剛剛說的，小馨才是親生的女兒……是什麼意思？」姿儀也用比蚊子還小，毫無起伏的聲音提出了她小小的疑問。

「小馨才是媽媽親生的女兒，姿儀……妳……妳則是我們一起領養的小孩……從妳還沒記憶時，我們就領養了妳……因為妳的親生母親是未婚生子的少女……她沒有能力照顧妳。」莊爸嘆了一口氣，彷佛卸下了長久的負擔般，嘆了一口很長的氣。

他虛弱的嘆氣聲卻像雷擊般，沉重的擊中兩個女孩的胸口。

小馨突然覺得自己的頭很暈，天花板和地板好像都在旋轉，就好像她和姿儀的關係一樣，整個家都跟著旋轉了起來。

「那……妳因為我是斷掌，所以拋棄我，但後悔了，所以又把我撿回？」

小馨頭昏腦脹，試圖釐清腦中交織纏繞的困惑。

「不是的……妳不是因為斷掌被拋棄……而是因為……」莊爸看著莊媽，示意她該自己說明清楚。

小馨和姿儀都將注意力放在莊媽身上，好像第一次發現，她不只是個再普通不過，有點中年發福的婦女，而是本世紀最大的騙子般注視著她。

「那是因為……這要從這次綁架小馨的人說起……」

莊媽依舊緊盯著地板，用細小、像在背書般平板的聲音說：「綁架妳的人叫阿才，是我的前夫，我很年輕的時候就嫁給他了……但婚後不久發現他不務正業……經常喝醉了打我。」

明明說的是很悲傷的事，但莊媽依舊用毫無起伏的聲調述說著：「原本我想馬上離婚，但不久就發現我懷孕了。我本來想再給阿才機會，沒想到懷孕期間，阿才依舊對我拳打腳踢……為了孩子，我終於下定決心上法院訴請離婚。但生下小馨後，我卻沒有能力撫養……就把小馨送到育幼院。後來我遇見妳們爸爸，我們結婚後不久，發現因為過去的家暴……我已經沒辦法生小孩了……

所以就決定領養了姿儀。」

聽完媽媽語氣平淡的說明，小馨發覺自己依舊腦中一片空白，她試著開口問：「那為什麼後來又來找我……」

「我的生活穩定了，當然希望能把孩子接回來……」莊媽媽說：「只是育幼院後來搬了家，中斷了連絡，我花了一段時間才找到妳。」

「那斷掌……是怎麼……」

「我找到妳之後，不知道要怎麼說服婆婆再領養一個女孩，那時候她還沒過世，一直希望我們再領養一個男孩……」

「就實話實說……不行嗎？」

「我那時候連離過婚都不敢跟婆婆說，何況是生過小孩……」莊媽媽苦笑的說：「就在我不知道該編什麼理由時，聽到育幼院的人開玩笑說，小馨一定是因為斷掌才會被拋棄。我就想……乾脆將計就計，說小馨是我遠房表妹的小孩，因為斷掌被送到育幼院，但她又捨不得孩子，所以拜託我

照顧……妳們爸爸從以前就很善良，一聽到竟然有人因為迷信拋棄小孩，又是我的親戚，就不顧婆婆反對，收養了小馨……對不起，小馨……都怪我太膽小了……」

媽媽努力壓抑的情緒崩潰了，不停的哭著道歉。

「前幾天媽媽被襲擊後，才跟我說了真相……」

爸爸邊安撫著媽媽邊補充說：「我也是這幾天才知道這件事……我跟妳們一樣也很驚訝……妳們……原諒媽媽吧！在十幾年前，一個女人家要獨自帶大孩子是很辛苦的……」

「那……」

小馨難以置信的問：「那個綁匪……是我的……親生父親？」

「小馨……」

莊爸憐憫的看著小馨，默默點頭。

「我……我差點被他賣掉……」

回想起那位綁匪和自己的互動，小馨忍不住噁心了起來，她真正的爸爸是

個綁架犯，而且還打算賣掉親生女兒。

莊爸說：「小馨，我們去警局做筆錄時，也有跟他說出了真相，他也是前幾天才知道他有個女兒……阿才也很後悔，不然……他不會做這種事的……」

「啊……是……是嗎？所以我應該原諒他嗎？」小馨語無倫次的回應著。自己被一拳打昏的情形又浮現在腦海中，頭上的傷還在，手腕的破皮也還沒癒合，那些傷口現在全都隱隱作痛了起來。

「小馨，沒關係的，不想原諒就不要原諒，但起碼……不要去怨恨……」莊爸試圖安慰著陷入混亂的女兒。

「不要原諒又不要去怨恨？那……那我到底該如何是好？」小馨困惑的壓著劇痛的頭問道。

「騙人！」

一直站在一旁保持沉默的姿儀突然大聲叫道：「騙人！騙人！騙人！通通是騙人的！否則我……我……我才該如何是好！」姿儀姣好的臉龐毫無血色，因痛苦而扭曲著。

「姿儀……」莊媽走到姿儀身旁，試圖伸手攬住姿儀的肩安撫她，卻被姿儀用力拍開。

「為什麼你們要說出來……」

姿儀半摀著臉，尖銳的問：「這樣我的立場該怎麼辦？原來多餘的人不是小馨，是我嗎？我才是那個多餘的人！」

「姿儀……」

莊爸和莊媽一臉不知所措的樣子，他們一直以為堅強如姿儀，是他們最不需要擔心的孩子，而個性天真的小馨受的打擊理應更大才對。

小馨也一臉訝異的看著姿儀，她第一次看到姐姐冷嘲熱諷的面具之下，竟也會有發狂的一面。

「都是妳的錯！」表情痛苦的姿儀突然指著小馨大喊：「如果沒有妳就好了！」

姿儀突然撲向小馨，死命掐住她的脖子。

「姿儀！快點住手！」

莊爸和莊媽見狀，趕緊用力拉開她們，小馨的脖子上留下了紅紅的指甲印和勒痕。

姿儀看到爸媽都緊張的看護著小馨，她突然大喊：「你們……你們……我討厭你們全部的人！」

在大家的訝異中，姿儀衝出了家門，當莊爸追出去時，她的蹤影卻已經消失在黑暗的巷弄中。

12
眞正的家人

「妳說的是真的嗎？」聽完小馨的轉述，坐在廟前花台上的阿椿難以置信的問道。

自從知道親生父親是尖下巴男綁匪之後，小馨就再也不願靠近第一次遇見他的廟後廣場了。

「妳的身世也太離奇了吧！比莎士比亞還厲害……不，比希臘悲劇還亂！搞了半天，那個老愛瞧不起人的姿儀竟然也是養女……哈哈……這真的是……看來太陽底下果然沒有新鮮事……」

「不好笑。」小馨面無表情的反駁。

「姿儀已經有兩天沒回家了……現在正在請警方協尋中……」

「這才是真正的青少年鬧脾氣，翹家啊！」阿椿兩手一攤，語氣風涼的諷刺著。

「我覺得……姿儀好奸詐……」不理會阿椿的奚落，小馨哀怨的說：「她可以發那麼大的脾氣，讓全部的人都為她擔心，那我呢？我被親生父親綁架，還差點被賣掉的立場在哪裡……我也很想大哭一下啊！」

「這就是所謂的天將降大任於斯人也，必先苦其心志，勞其筋骨……」阿椿安慰著說：「這樣不就正好。反正她討厭妳，老是欺負妳，妳也很討厭她，一山不容二虎，既然她才是真正的養女，就讓她走吧！省得留下來礙眼。」

阿椿看似隨便的玩笑話，卻完全說出了小馨的內心話，小馨對自己的想法感到自責不已。

「我雖然也很想這麼說，可是不行……我如果也像姿儀那樣排擠我，對她的遭遇落井下石，那我就跟她一樣了……」

「有什麼關係？」

「不行就是不行！」

「真是，妳和莊爸一樣，都太善良了吧！」

「我不是善良……我只是……想試著照爸爸說的，不要去怨恨。這不就是叔叔說的，命運掌握在自己手中的意思嗎？」小馨回想起這幾天的心得。「叔叔說，命運已經注定，我們唯一能做的是選擇，選擇是要怨恨命運，或者把命運當作成長的挑戰……」

「是喔！那超級寬容、以德報怨的小馨，妳有打算去監獄探望綁匪兼生父嗎？」

聽到阿椿提起自己的生父，小馨不禁從中悲來。

「我……我雖然知道要選擇原諒，可是還是做不到……嗚……嗚……他好恐怖……哇啊……」

「喂喂！別哭啊！我說錯話了，我道歉，抱歉了，拜託別哭了……」

不理會阿椿安慰，小馨越哭越大聲，好像逐漸找到哭泣的訣竅和開關般，還邊哭邊罵抒發積壓的怨氣。

「嗚哇啊啊啊啊！哇嗚！嗚！嗚！我……我討厭以和為貴的爸爸……也討厭膽小的媽媽……討厭那個恐怖的人……也討厭……討厭姿儀……也討厭我自己……我討厭每個人……我最討厭育幼院的人……」

阿椿表情尷尬，手足無措，一臉笨拙的坐在小馨身旁。他似乎覺得該安慰一下小馨，也試圖伸出手想搭在小馨肩上，但伸出的手卻停頓在半空中後，又默默的收回來抓了抓自己的脖子。他抿了抿嘴，最後嘆了口氣，決定乖乖坐在

旁邊等小馨哭完就好了。

小馨持續哭了十幾分鐘，嚎啕大哭終於慢慢轉為抽咽，最後竟然打起嗝來，她一時間停不下來，只好邊打嗝邊啜泣。

「呃！嗚……嗚……呃！嗚……嗚……呃！嗚嗚……」

「妳……到底是要打嗝和是要哭？選一個好不好？」看小馨一臉狼狽，又是鼻涕又是口水的，阿椿表情嫌惡的說。

小馨的回應是伸手將鼻涕抹在阿椿的襯衫上。

「哇啊！妳這髒鬼！又來？」阿椿怨恨的說。

逐漸止住哭泣的小馨，在發洩完不滿的情緒後，她突然發現，自己一直有阿椿的支持，也曾受到許多人的幫助和鼓勵。那姿儀呢？她現在是否一個人在某個地方遊蕩著，既孤單又無助？

「呃！」小馨抹乾眼淚後，語氣堅定的說：「呃！我決定了。呃！走吧！呃！」

「走去哪？」

「呃！去……呃！去找……呃！去找姿儀……」

阿椿一聽，馬上皺起來眉頭，反對的表示：「找她幹嘛？」

「雖然我也討厭她……可是如果是我，我一定希望有人能找到我，而且我也還沒有告訴姿儀，這世界上我最討厭她了！」小馨雙手握拳，憤恨不已的說著。

「……幼稚鬼……隨便妳，妳不要後悔就好……」阿椿不屑的說：「那妳打算怎麼找？連警察都找不到耶！」

「我知道姿儀可能會去哪裡。」

面對阿椿一頭霧水的模樣，小馨回以自信的笑容，強硬拉著他回家收拾行李去了。

＊

阿椿半信半疑的聽了小馨的話，準備了簡單的行囊，帶足零用錢，來到火車站與小馨會合。他們買了到台北的來回車票，在月台等車的兩人，看起來好像一對準備要去郊遊的兄妹。

小馨依舊穿著不成對的襪子，頭戴一頂有骷顱圖案的棒球帽；阿椿則穿著格子襯衫和牛仔褲，比起小馨，明顯打扮得體面許多。

搭上了莒光號列車後，阿椿迫不及待的打開在月台買的火車便當，不顧形象的狼吞虎嚥起來。

「她為什麼要去台北？」阿椿邊吃著醃製得恰到好處的排骨，邊從牙縫中發問：「有沒有搞錯啊？離家出走就算了，還跑到那麼遠的地方……真的很麻煩耶！」

與邋遢的裝扮相比，小馨斯文的吃著蔬菜三明治說：「你知道我姐的成績很好，對吧？」

「啊！知道啊！全學年第一的資優生嘛！」

「她會那麼用功是有原因的。」

「不就是努力唸書的乖學生而已嗎？會有什麼原因？」

「姿儀從小就有一個夢想，她想當醫生……」

「喔！很普通嘛！那又和台北有什麼關係？」

「……不是普通的醫生……」小馨頓了頓，已經吃完三明治的她，猶豫的看著阿椿津津有味的啃著排骨，突然不確定要不要把姿儀不為人知的夢想說出來。

「怎樣?說啊?」

「……她……姿儀她想當的是驗屍官……」

這下換阿椿說不出話來了，他短短十來年的人生，還沒聽哪個朋友或女生說，未來的夢想是以撫摸屍體為目標的。「欸……是喔!真少見……」

「她……從小就很喜歡一套小說，那是美國的推理小說，內容是寫一個女法醫靠著檢驗屍體，成功破案的故事。」

「喔!我好像有聽過……故事開頭總是說，每個屍體都有一個故事……只要好好聆聽，就可以從沉默的屍體中聽到答案，對吧!」阿椿突然覺得排骨的油脂有點膩，他想轉移話題，便問道:「那為什麼要去台北?」

「台北的科學教育館現在正在展出人體標本展，有人體的全身剖面、器官標本，聽說眼珠、脊髓、大腦等不常見的器官一應俱全，我想她難得翹課了，

應該會利用時間過去……」

腦海中突然浮現泡在福馬林玻璃罐裡的眼球瞪著自己，阿椿默默放下吃了一半的排骨，將便當蓋上蓋子收好，結束了午餐。

＊

他們果然在人體器官展的標本展示玻璃櫃前發現了姿儀，她正炯炯有神、神態興奮的看著玻璃窗後，一顆泡在福馬林裡的逼真人頭，一點都不像剛發現自己其實是養女，失魂落魄離家出走的悲劇少女。

「沒想到真的在這裡……」站在燈光幽暗的主題展示廳入口的阿椿，被超強冷氣吹得直顫抖的他，雙手抱胸臉色發白的說：「這世界上還沒有哪對姐妹感人的重逢是在屍體前面的吧！真是有夠奇葩的。」

「姿儀……」小馨猶豫的走向姿儀，出聲呼喊了她。

聽到有人叫她，原本一心一意在欣賞標本的姿儀猛然回頭，一看來者是小馨，她馬上換上熟悉的冷峻表情，以迅雷不及掩耳的速度轉頭就走。

小馨和阿椿見狀，趕緊追了上去。

「姿儀！」

「做什麼？」姿儀表情兇狠的轉身朝小馨低吼：「妳是來炫耀的嗎？」

「炫……炫耀？炫耀什麼？」小馨呆呆的反問。

姿儀毫無形象的翻了一個白眼，一點也沒有平日優等生的乖巧模樣。「炫耀自己是真的女兒，而我是養女啊！」

「我沒有那個意思……」小馨趕緊揮手否定。

「那妳來做什麼？假惺惺的要找我回去嗎？」

面對姿儀咄咄逼人的態度，小馨結結巴巴的解釋著：「不是的……我是來找妳回家的……爸爸媽媽都很擔心妳，還請了警察協尋，我們一起回去吧！」

「他們擔心我？那為什麼他們不自己來？」

原本有點高興自己猜對了姿儀動向的小馨，現在已經完全笑不出來，她絞盡腦汁，試圖努力解釋。「這……這是因為……來這邊是我的主意，我猜妳可能會在這裡……所以就來看看，沒想到猜對了……可是如果猜錯了……爸媽就會白跑……所以……我……」

「所以就先約了妳的小男友過來？」

「他（我）不是我（她）的小男友！」小馨和阿椿兩人默契十足的否定。

姿儀一臉嘲諷的看著異口同聲的兩人。

「呵！是嗎？反正和我沒關係。」

「不說那個啦……姿儀……妳……妳還好嗎？」

「妳怎麼一副吃驚的表情，難道妳以為我正在自怨自艾的哭嗎？」姿儀表情不屑，鄙視的瞪著一臉無助的小馨。

「我……我才沒有……」被姿儀說中了心聲，小馨心虛的辯解。

「啊！我知道了，妳以為我正躲在角落一個人哭泣，然後妳就可以當個好妹妹，大方的接納我，然後我就會感激妳，我們一起回家相親相愛的過日子，是嗎？」

「想要好好相處……不……不行嗎？」

「的確，剛聽到真相的時候，我真的很驚訝，一個衝動就跑了出來。不過既然出來了，我想乾脆趁勢來個小旅行，順便讓爸媽擔心一下。過幾天我再可

憐兮兮的回到家裡，讓大家放心之後，更是努力補償我。不過妳放心吧！我不會再排擠妳了，畢竟妳才是真正的女兒。等我待到成年為止，我自然會離開那個家，到時候妳就可以開開心心當妳的獨生女，享受所有人的疼愛了。」姿儀冷漠的說。

聽到姿儀的坦白，小馨和阿椿驚訝得說不出話來。

小馨原本就知道姿儀既冷漠又自私，但沒想到她比自己想像的要堅強太多了，面對自己的身世，她是怎麼釋懷的？

「我根本就不需要妳來同情我。」姿儀繼續冷酷的說：「聽懂的話就快點帶著妳的小男友回去吧！等我想回去的時候自然會回去。」

眼看姿儀打算轉身離開，小馨錯愕的問：「姿儀……為什麼……妳總是這樣……拒人於千里之外……」

「還是不懂？」聽到小馨落寞的語氣，姿儀暫停了腳步，她慢慢的轉過身來正視小馨，小馨突然覺得姿儀顯得很悲傷，但下一秒，姿儀的表情一變，她邪惡的靠近小馨，輕聲在她耳邊說：「那我就好心告訴妳吧！前幾個星期劃破了我的手，讓所有人認為妳是掃把星的那場意外，是我設計的。」

「什麼？」

「那個玻璃是我自己打破的，告訴大家妳是掃把星的也是我，還有小時候發生的意外也都是我自己弄傷的。只要爸媽發生意外的時候，我就想辦法也讓自己受點小傷，這樣大家就會有種全家都特別倒楣的錯覺了，接著再陷害妳，讓妳受點小傷就好了。哈哈！妳以為妳真的很厲害，光憑妳那迷信的掌紋就可以傷到我嗎？」姿儀不屑的哼了一聲。

「哼！少蠢了！都什麼時代了！」姿儀一口氣說出了受傷的事實，冷酷的瞪著小馨。

聽到姿儀所說的話，小馨回想起小時候的事件，震驚的問：「所以……妳摔到水溝、被蜜蜂叮到、還有吃壞肚子那次……都是？」

姿儀聳聳肩。

「幾乎囉！」

小馨全身顫抖，氣憤得說不出話來。

「小馨，別理這種人了，我們回去吧！讓她自生自滅！」阿椿也氣得想痛扁姿儀，但他畢竟不想打女生，所以只想快點從姿儀面前消失。

「姿儀……妳……妳為什麼要這樣做？」小馨幾乎是從牙縫裡擠出了這幾個字。

「對我來說，爸媽只要有我這一個女兒就夠了！我早就說過了吧！我討厭妳。聽懂了的話，就快滾吧！」姿儀再次轉身離開，卻發現自己的手被用力抓住。

「我……我……我也是！我也很討厭妳！」小馨生氣的緊抓著姿儀不讓她離開，她氣憤的用盡全身的力氣大喊，也顧不了自己還在公共場合了。

「妳實在太可惡了！不管什麼時候都只想到妳自己！」

第一次聽到小馨這麼大聲的反抗自己，姿儀詫異的看著她。

「妳很幼稚又不講理，還是個虛偽的兩面人，只做對自己有利的事，還笨到傷害自己來排擠我……」

小馨哭著說：「可是……可是……就算是這樣……不管事實是什麼……妳

還是我姐姐。我們從小一起長大……我……我一直很仰慕妳……覺得妳不管做什麼都做得很好……又漂亮又聰明……」

「妳……仰慕……我？」姿儀意外的問。

「對，我很仰慕妳，但也很討厭妳！」

面對小馨一臉苦惱的告白，姿儀不自覺的露出了難得一見的爽朗微笑。

「白癡，一會說討厭一會說仰慕……妳連自己在想什麼都搞不清楚嗎？沒想到妳竟然會仰慕我，我可是討厭妳到希望妳消失的程度耶！」

「喂！妳……」阿椿生氣的想制止姿儀再說下去，但姿儀落寞的表情卻讓他閉上了嘴巴。

「我就是討厭妳這點……想說什麼就說什麼，想做什麼就做什麼。就算做錯事情，大家還是一樣喜歡妳、原諒妳、幫助妳，每個人都站在妳那邊。如果我做錯了一點小事或說錯話，大家就只會責備我，說我是姐姐……要懂事……我是資優生要做榜樣……我只是剛好會唸書……想做的事情需要唸很多書……為什麼我就一定要當資優生……要當姐姐做好榜樣？我也不是自己想當姐姐的

啊！如果沒有妳就好了……」

「我……我也是，我也希望妳消失！我比妳討厭我還要來的討厭妳！」小馨直覺認為自己得以最誠實的想法面對姿儀，不能再扮演「妹妹」的角色來討好她了，所以，她努力回應著姿儀，用力吶喊出自己隱藏許久的想法。

「那我就比妳討厭我要來的討厭妳一百倍！」姿儀也不服輸的吼回去，這個小馨竟敢跟自己頂嘴，看來她活得不耐煩了！

「那我就討厭妳一千倍！」

「全世界我最討厭妳！」

「那我就全宇宙！」

「那我就……」

「那我……」

兩個人互相激動的嘶吼了十幾分鐘，直到彼此都氣喘吁吁了為止。

「……呼……呼……什麼嘛！還以為妳只是隻沒用的應聲蟲，沒想到還滿會吵架的……」姿儀滿頭大汗，氣喘吁吁的說著。

「我也……好意外，自己竟敢和妳吵架……」小馨也汗涔涔的說。

「喂！妳真的仰慕我？」姿儀突兀的問道。

「對，可是我也很討厭妳。」

「哼！我也是。」

大吵過後的兩人，發覺說出真心話後，彼此的隔閡消失了一點，竟然產生了一點互相體諒的感覺。兩人有點尷尬的相視而笑，在這麼微妙的氣氛裡，小馨突然像洩了氣的皮球般哭了出來，還哭得一塌糊塗。

「……哇啊……姐……姐……」

「……怎樣？」

「哇啊！」

「別哭啊！」

「哇……」

「真是的……」姿儀伸手摸了摸小馨的頭，笨拙的伸手擁抱了她。

「一起回家吧！」

小馨聽到姿儀說的話，哭得更大聲了，她泣不成聲的點著頭。

被小馨的情緒感染，姿儀也默默跟著哭了起來，原本想快速抹掉淚水，卻因為隱藏的動作趕不上決堤的速度，她索性也放聲大哭。

小馨看見姐姐在眼前哭了，也伸手擁抱著她。

看到眼前的景象，阿椿悄悄的移動腳步向後退，想遠離那對哭得唏哩嘩啦的姐妹，希望不要被不知何時聚集在旁圍觀的人當作是同一夥的，可是已經來不及了……

「咦？吵完了？」

「長頭髮的女生很厲害呢！」

「短頭髮的也不錯啊！」

「到底是在吵什麼？」

「感情糾紛？」

「兩姐妹搶一個男生？」

「聽說是劈腿？」

「劈腿啊？現在的國中生真不得了……」

「該不會是始亂終棄吧！喂！同學，你這樣很不道德耶！」

阿椿百口莫辯，莫名其妙被當成圍攻的對象，逐漸被人群淹沒。當姿儀和小馨兩人終於平靜許多，因為彼此狼狽的模樣破涕而笑時，阿椿卻還深陷人群之中……

「姐……回家吧！」

「嗯！回去吧！」

「阿椿，要回去囉！」

「別管他了啦！我打算再看一遍。妳看過三樓的人骨特展了嗎？走，我介紹給妳看！」姿儀恢復了強勢的口氣，拉著小馨就往展覽場深處走去。

＊

向晚時分，橘色的莒光號飛快的往南方行進著。

小馨和姿儀兩人並排坐著，開心的暢談著這幾個月發生的事，被排擠在後排座位的阿椿撐著臉頰，滿臉無趣的聽著兩姐妹的「攜手護家庭計畫」。

「姐，聽說爸爸會受傷，也是那個……阿才叔叔偷溜進工廠做的……」小馨無法開口稱呼那位是「爸爸」，但叫「叔叔」目前還是可以的。

「太過分了！」姿儀馬上憤怒的說：「叫爸爸告他！」

「可是……爸爸知道後……馬上就說原諒他了……我……我也打算……」

「不可原諒！爸爸就是人太好了，媽媽又膽小。這麼誇張的祕密可以藏十幾年，真是夠了！所以我們姐妹倆要自立自強，團結起來保護他們！」

小馨崇拜的看著夕陽餘暉照射下，英姿煥發的姿儀，連忙點頭附和：「我知道了，我也會努力保護爸媽！」

面對姿儀的憤慨，小馨偷偷將已經到嘴邊的話吞進肚裡，打算改天再跟姐姐分享。

她發現，在自己試著到台北找姿儀，試著說出自己既仰慕又討厭她的心情後，她突然有點了解要「原諒」的感覺是什麼了。她之後也想試著到收容所探望阿才叔叔，反正先做了再說，一直煩惱要不要原諒也無濟於事。

當她們結束了短暫的旅程，終於回到家門口時，她們熟悉的小巷已被夜晚

籠罩，只有幾盞孤伶伶的路燈，柔和的照亮著回家的路。

在她們嚮往已久的家門前，木製的庭園桌椅在昏黃的路燈照射下，散發木頭的溫暖。晚風難得涼爽的吹拂過她們的臉，小馨猶豫的向姿儀伸出手，意外的，姿儀沒有拒絕，她堅定的握住了小馨的手，姐妹倆手牽手，一同推開了家裡大門，輕聲向裡面那對還沉浸在悲傷懊悔中的父母打招呼。

「我們回來了。」

斷掌少女

作者　岑文晴
責任編輯　王成舫
美術編輯　蕭佩玲
封面設計　蕭佩玲

出版者　培育文化事業有限公司
信箱　yungjiuh@ms.45.hinet.net
地址　新北市汐止區大同路三段一九四號九樓之一
電話　（02）8647-3663
傳真　（02）8674-3660
劃撥帳號　18669219
CVS代理　美璟文化有限公司
TEL／(02)27239968
FAX／(02)27239668

總經銷：永續圖書有限公司
永續圖書線上購物網
www.foreverbooks.com.tw

法律顧問　方圓法律事務所　涂成樞律師
出版日期　2014年11月

國家圖書館出版品預行編目資料

斷掌少女/岑文晴著. -- 初版.
-- 新北市 : 培育文化, 民103.11
面 ;　公分. -- (勵志學堂 ; 50)
ISBN 978-986-5862-38-1(平裝)
859.6　　103018491

※為保障您的權益，每一項資料請務必確實填寫，謝謝！

姓名		性別	□男　□女
生日	年　月　日	年齡	
住宅地址	郵遞區號□□□		
行動電話		E-mail	

學歷

□國小　□國中　□高中、高職　□專科、大學以上　□其他______

職業

□學生　□軍　□公　□教　□工　□商　□金融業

□資訊業　□服務業　□傳播業　□出版業　□自由業　□其他______

謝謝您購買 **斷掌少女** 與我們一起分享讀完本書後的心得。務必留下您的基本資料及電子信箱，使用我們準備的免郵回函寄回，我們每月將抽出一百名回函讀者，寄出精美禮物以及享有生日當月購書優惠！想知道更多更即時的消息，歡迎加入"永續圖書粉絲團"

您也可以使用以下傳真電話或是掃描圖檔寄回本公司電子信箱，謝謝！

傳真電話：（02）8647-3660　電子信箱：yungjiuh@ms45.hinet.net

●請針對下列各項目為本書打分數，由高至低5～1分。

	5 4 3 2 1		5 4 3 2 1
1. 內容題材	□□□□□	2. 編排設計	□□□□□
3. 封面設計	□□□□□	4. 文字品質	□□□□□
5. 圖片品質	□□□□□	6. 裝訂印刷	□□□□□

●您購買此書的地點及店名______

●您為何會購買本書？

□被文案吸引　□喜歡封面設計　□親友推薦　□喜歡作者

□網站介紹　□其他______

●您認為什麼因素會影響您購買書籍的慾望？

□價格，並且合理定價是______　□內容文字有足夠吸引力

□作者的知名度　□是否為暢銷書籍　□封面設計、插、漫畫

●請寫下您對編輯部的期望及建議：

★請沿此線剪下傳真、掃描或寄回，謝謝您寶貴的建議！

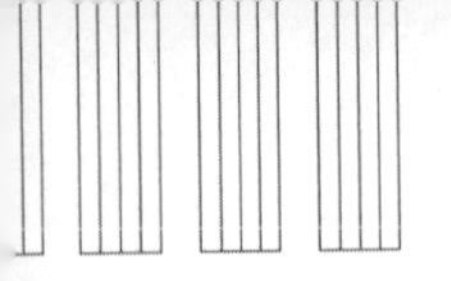

廣　告　回　信
基隆郵局登記證
隆廣字第200132號

2 2 1 - 0 3

新北市汐止區大同路三段194號9樓之1

FAX：（02）8647-3660

E-mail：yungjiuh@ms45.hinet.net

培育

文化事業有限公司

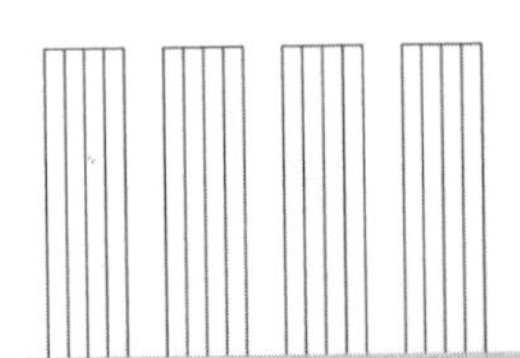

讀者專用回函

斷掌少女

培養文化育智心靈的好選擇